獻給我最愛的丈夫

婆婆媽媽的故事

李子玉 著

前言

我妻李子玉的這本書，我覺得饒有意義，是她的近作中最重要的一本。當然，作丈夫的有偏見，這是免不了的。

這是香港三代女人的故事：子玉外婆，她的媽媽，與子玉自己。外婆（廣東話叫婆婆）是一個目不識丁的女人，從天津的大家庭嫁到廣州，夫婦恩愛，生了一個女兒。不幸丈夫早死，自己突然成了寡婦，被迫到香港謀生。一個人帶了一個外孫（子玉哥哥）和一個外孫女（子玉），三人過著窮困的生活。婆婆一輩子只坐過一次巴士，到尖沙咀遊玩，竟然沒過海到港島！很明顯她代表的是一個被迫從傳統進入現代社會的香港女人。既然不識字，當然無法用文字「發聲」，於是子玉代她說話。

子玉的媽媽也被迫到香港謀生，在舞廳伴舞，在那個年代，作舞女並不低賤，三四十年代的上海和香港作家時常以舞女作小說的主角，例如徐訏的《風蕭蕭》。子玉的媽媽代表的是二十世紀早期的摩登女性，更出奇的是她創造出一個現代版的「灰姑娘」（Cinderella）傳奇，在舞廳遇到一個富家子，二人結婚後到英國定居，顧不了自己的子女了，只是每月寄錢給婆婆接濟家用。子玉成長時期失去了母愛，母女關係愛恨交織。

子玉自己則代表了現代女性，在香港唸完大學後到美國留學，在美國住了十多年，最後隨表哥（她的前夫）返港定居。當然她可以用文字來描述她和她這一代的朋友。

這是我作為她第一個讀者的讀後感，因此為她的這本書定了一個名字：婆婆媽媽的故事。語意雙關。我一向關注一個歷史問題：如何探詢香港底層（subaltern）人民的真實感受，因此對於口述歷史很感興趣。文化理論上也提過個人和「他者」（self and other）的問題。

以上說的都是「半學術」的大話，並不重要。子玉不是學者，而是一個寫作的「師奶」——我叫她「業餘資深作家」。此書出自肺腑，充滿感情，甚至激情，幾乎是一句一淚，我讀了十分感動。所以它是一本感情自傳，比她寫的《憂鬱病，就是這樣》更全面，甚至有點自省的味道。我和她結婚二十三年，感覺她婆婆的陰影無處不在，特別是價值觀，我常常鼓勵她要有「主體性」，要解放自己，但是子玉對婆婆的感情太深了，為什麼？至於她和母親的關係，直到她母親離世才得到部分紓解。顯然母女之間的關係比起母子更複雜。

這一切，子玉都赤裸裸地用樸實無華的文字表露了出來。子玉在《女人，你的名字是強者》一書中都寫過一點，本書也可以作為該書的姐妹篇，但是我讀來更感動。

套用唱粵曲的吳君麗的典型唱詞：「哎呀呀，為什麼要受苦受難……說不完的婆婆媽媽……」

這才是本書的主旨。

李歐梵

二〇二三年三月二十七日

目錄

前言 04

第一章　我的外婆

外婆的身世 12
外婆語錄 72
夢見外婆 92
給外婆的懺悔書 96
和外婆看粵劇的經驗 100
我的契孫：跟外婆說的心底話 107

第二章　我的媽媽

媽媽的身世：一個半傳統半現代女人的故事 120
媽媽的素描 178

第三章　我的故事

和哥哥一起長大 200
中學及大學生活 214
美國留學生活 235
情緒的色彩：我的自白 254
心靈的風景：詩十三首 261
生老病死的體悟 284
給老公的信 296

後記：三年零八個月與病魔交纏 313

第一章

我的外婆

外婆的身世

我和外婆相依為命，過活很多年，她心情好的時候會跟我說她的身世。

外婆告訴我她的名字叫張麗華，我說：「妳的印章蓋的是張華」。她說：「我認不得字，改成兩個字，比較省事，妳說是嗎？」我問外婆：「妳原籍哪裏？」外婆說：「什麼叫原籍？妳意思是問我出生的鄉下在哪裏，對嗎？」我點頭，又問她：「還記得妳的父母嗎？」一時間外婆的眼神轉了，目光渺渺茫茫的，似乎在努力地追想往事，然後悠悠地嘆一口長氣，慢慢地說：

「我原是北方人，生在天津，父親有一妻一妾，我是正室妻子所生唯一的孩子，妾反而沒有生下一子一女，所以我成了父母親的掌上明珠。我的父親，我叫他阿大，他的長相怎麼樣，我已經不記得了，只記得他穿的一身衣服，長袍寬袖，衣身繡了彩線，頭上頂著帽子，帽頂還有一顆大大的珍珠，一扇羽毛染了紅色。」我問：「他是當官的吧？身穿的是官服囉，難道妳沒有看見他不穿官服的樣子？為什麼只有他穿官服的印象呢？」外婆帶著疑惑的神情，幽幽地說：「我平日絕少見到他，我大部分的時間都躲在閨房裏，跟我的妹仔（侍婢）在一起，輕易不踏出房門的，更不要說出家門了，哪裏像妳們現在的女孩子，一天到晚往街上野溜，好不知恥的，遇上過年過節才步出廳堂參見父母長輩的。我的母親是個多病的人，從來沒有與我親近，她給我的印象真是模糊得很，我記得母親指揮奶媽給我綁腳，惡形惡相的，奶媽拉住我，同我裹腳，狠心的不理我哭鬧，硬要將一條長長的布綑在我細軟的腳板上，我求她收回成命，她沒有理我，還叫兩個妹仔捉住我，我哭聲震天，卻沒有打動她們的同情心。我想我是恨我母親的，我刻意把她們的惡形惡狀記住了。」然而綁腳的嘗試失敗了，我印象中外婆的腳還是跟常人差不多。外婆說她母親也有和顏悅色的時候，但她倒沒有什麼印象。她的奶媽曾經說過，外婆的容貌像極了死去的太太，外婆卻跟我說：「奶媽說這句話的時候，我還不到十歲，我想那時母親已經死去多年了。現在想來，母親除了一臉惡相，還是長得不錯的。奶媽當年常讚我靚，如果我從母親的模樣中出來，她應該也是個漂亮的女人了。」

外婆說這話的時候，已經是接近七十歲的人了，她的皮膚仍然光滑，臉上沒有多少皺紋，頭髮銀白相間，眼睛依然清亮，鼻梁高低合度，上唇較下唇稍薄，淡淡的紅色，配上細長的臉龐和白皙的皮膚，幾乎可以想像得出，她年輕的時候是個十足的小美人。雖然她個子矮小，身高不到五呎，倒是骨肉勻稱，可稱得上嬌小玲瓏，惹人憐愛的，難怪她父親給她取名麗華。據說中國古代歷史裏，曾經有個這樣的美女，名叫麗華，這是友人告訴我的典故，先不管這是否屬實，在我的眼中，外婆的確是漂亮的。

外婆的胸脯豐滿，在我看來是件稀奇的事，為什麼呢？因為外婆告訴過我，她那一代的女子是要綑胸的，她不止一次告訴我說：「真羨慕妳們現在的女孩，可以任由胸脯自由生長，我就沒有那麼幸運了，奶子剛剛發育，還是疼痛的時候，奶媽就命令我把它死死地綁起來了，妳知道嗎？發育中的奶頭是硬硬的一塊，若不小心稍微碰撞一下，就會痛入心脾，眼淚禁不住簌簌地流出來。妳想一下：用布強把它綁纏著，感覺會是怎樣的呢？冬天寒冷，還勉強可以忍受，夏日炎熱，被封死的奶子，熱得連痱子、濕疹都趕著長出來了，癢得五內俱焚，卻又抓不到、止不住，真是苦不堪言。」我聽後，感到滿腹疑團，忍不住追問外婆：奶子被困死了，還可以發育長大嗎？外婆聞言，低頭看看自己的一對雖已下垂卻仍然豐滿的乳房，滿臉緋紅地說：「呸！妳這不怕羞的小鬼，竟然說這些鬼話。」外婆的一番話，嚇得我冒了一身冷汗，慶幸自己沒有生在她那個年代——又是纏足、又是綑胸的，讓小小的年紀已受盡身心的折磨，在那個年代當女人，真是不幸！

纏足、綑胸雖然是痛苦的經驗，但是當外婆回憶起來，在苦的表情背後，卻隱隱之中帶著一點驕傲的神情，因為小時候的哭哭鬧鬧的抗議，兩樣都沒有成功。她口口聲聲說：「妳們這一代的女孩真幸運，根本沒有受過什麼罪，我小的時候身體受盡了苦。」我卻認為她們那一輩的女性太柔順了；纏足為了討好男性，為了滿足舊時男性的畸形喜好。誰說三寸金蓮是美？還不是男性定出來的標準？這樣走起路來婀娜多姿，傳統女性以自身的痛苦來取悅男性，由是所謂的郎情妾意、卿憐我愛、款款身輕、搖曳生姿，俱是男人製造出來的浪漫假象。外婆表現出來的驕傲，不知道女人原有的尊嚴被踐踏了，什麼「女為悅己者容」，還不是男人玩弄女人的把戲？以前的女人是可憐的，要守的規矩很多，什麼三從四德，在家從父、出嫁從夫、老年從子，黎明即起灑掃庭院，哪裏像我們這一代人，在家裏和丈夫平起平坐，在外工作男女同薪。外婆那一代的女性終日呆在家裏，家庭環境好的還可以在家享福，頂多伺候翁姑，反之就要每日操勞家務，非常辛苦，一旦做不好，還得受到責打。現在的香港主婦，跟翁姑住在一起的，越來越少，父母要來抱孫兒都需要事先安排。時代畢竟不同了。

外婆告訴我說，她出生於晚清宣統元年（一九〇九），也就是清朝最後一個皇帝登基的那一年。她十歲的時候，父親調任廣州，全家幾十口全數搬到廣州去了。外婆告訴我天津的冬天是極之寒冷的，冬日下雪，從房間的窗子往外望，皚皚的白雪蓋過花園的假石山，梅花的香氣透過窗隙傳進房間，清香的味道她至今仍然記得，遇上大雪紛飛的日子，奶媽會容許她和婢女跑到後院玩雪球，她們彼此拋擲雪球，心情興奮極了。香梅花和白雪，這兩樣東西，似乎是外婆記得最牢的，其他在天津發生的人與事，她一概忘得七七八八了。

那時女孩子的生活是極之寂寞無聊的，每天呆在房間裏，不是繡花就是玩牌，繡花外婆不愛做，她生來就是不喜歡幹這等細活；至於玩牌，當時玩的就是現在的「牌九」，其實這種牌不應該是官家小姐玩的，一般是市井之徒賭錢的玩意，不知怎的，竟然由奶媽引進閨房來，為一夥女人解悶。奶媽有時也湊興說著話兒，但她的話題不廣，說來說去就是那麼一套，聽多了也覺得氣悶。外婆說：「有一陣我學識吸紙煙，奶媽話女孩子抽煙，成何體統？在悶極無聊的夜裏，我偷偷地在被窩裏騰雲駕霧，差點燒著被子，釀成火災。」抽煙成了外婆一生唯一的嗜好。

作為一個旁觀者，我不難察覺出外婆是個北方人，她喜歡吃辛辣的食物，尤其愛吃生的朝天椒，蘸著醬油吃，吃得津津有味。外婆說：「北方人愛吃辣，我細細個已經習慣每餐飯都吃辣椒，嫁了個南方人，他被我吃辣椒的胃口嚇親了，偏偏我嘅胃唔好，妳外公苦苦勸我唔好食，我唔聽，他也無乜辦法。」外婆的猛烈性格和執拗脾氣，大概也與酷愛辛辣的口味有關吧？她喜歡吃一些不適合她的食物，例如天津大白菜，此菜屬性寒涼，最不適合她的寒涼體質，每天吃了，總是令她咳嗽不止，我叫這種菜「咳菜」，但她卻繼續屢咳屢吃，我們苦勸無用，只好任由她吃。

在北方，逢年過節，外婆家裏的廚子都燒許多菜式，雞鴨鵝一應俱全，其中一道菜外婆最喜歡：紅燒元蹄炆大白菜。這個菜的做法是：元蹄肉要肥瘦適中，先用花椒、八角、茴香、薑片，和著黑醬油、紹興酒，滲入黃冰糖和水合煮，到元蹄軟化了，才加入大白菜在鍋底，肉汁菜汁互相混和了，夾一口肥瘦摻雜的肉和著軟滑的大白菜同吃，美味無窮。外婆每次說起這些食物的當兒，就表現出一臉饞嘴相，無怪乎人說：味蕾最能喚起童年的回憶。然而她從來不給我們燒這些菜，只會煮口味清淡的廣東菜。

外婆雖然是北方人，後來竟然完全忘了北方話。母語是母胎中得來的，會深深烙在腦海裏，而外婆竟然可以完全忘記它，是她故意忘記的呢？抑或是因為她不識字之故？這也是她那一代女子的悲劇，富家女的家庭有人伺候，還沒有感覺不便，但是長大嫁人，從天津遷居到廣州，最後又從廣州逃難到香港以後，不識字造成生活上諸多不便。記得我就讀的學校，是從上海遷移到香港的，故此大部分的老師都是以普通話授課，他們每隔一段時間，總會到個別學生家中訪問，外婆不喜歡老師來家探訪，原因是老師跟她說的話，她完全聽不懂，需要我在旁翻譯。老師走後，她會說：「妳老師講的是什麼鬼話？我一句都聽不懂。」我通常會笑著說：「婆婆，他講的是國語，國語從北方來的，妳不是北方人嗎？為什麼聽不懂他們的話？」外婆悻悻然地回答：「冇錯，我生係天津，小時講的天津話都唔記得啦，從幾歲大跟阿大到廣州，從未回過天津。」外婆給我的答案，我不盡都能理解，我想外婆的童年一定很不愉快，所以故意把不快的事情從腦海中抹殺過去，能做到這點，她倒是個有智慧的女人。

與外婆在九龍城街道

外公

外婆的父親被派到廣州當官，全家搬到廣州，那時外婆早已到了適婚的年齡。她的爸爸在她十八歲那年已經託媒人介紹，想把她嫁出去，可是她見到的男人，要嘛就是輕佻，要嘛就是樣子不好看，她選來選去都不滿意，爸爸沒她辦法，只好把婚事擱置下來，最後才經由媒人介紹外公。以外婆的家境和樣貌應該是早就結婚了，這都是由於她過分挑剔的結果，也可能是她和外公緣定三生吧！外婆嫁給外公的時候，她已經二十多歲了，在那個年代，算是個老處女了，身為廣州知府的女兒，她嫁給一個在其父親門下的小師爺，大概是有點委屈了，只是摽梅已過，只好將就將就吧。結婚之後的生活還算美滿，外公是個正直而誠實的丈夫，外婆接近三十歲才生下一個女兒，外公視為心肝寶貝，這是必然的事。

外公姓王，故鄉是紹興，一南一北的兩個人結婚，他們溝通的語言又是什麼呢？外婆說：「當然講廣東話嘍！」我從未見過外公本人，他四十來歲就去世了。外婆在生時，祖先的枱位上放了一幅以燒成瓷碟的相片，碟上的外公，一臉凜然正氣，上唇留了一道八字髫，嘴角微微含著笑意，外婆說：「外公最鍾意細路仔，如果佢仍在生，一定很痛錫你吔。」就憑著外婆的一番話，年幼的我，時常癡癡地凝望著外公的瓷相，幻想著自己坐在外公的大腿上撒嬌，央求他給我說故事。多年後，我進入浸會學院唸中文系，知道有位著名作家魯迅，他也是浙江紹興人，外公與他同鄉，我看見魯迅的小像，與外公的瓷像對照之下，才驚覺他倆的相貌是如此的相像，因此我對外公的認識，似乎又加深了一份好感。紹興師爺是自古有文名的，既然外公也曾幹過一門類似的工作，我想他的文筆大概也不輸於魯迅先生多少吧。

據外婆說：外公年青時代即已離開紹興家鄉，來到人生路不熟的廣州謀事。因緣際遇娶了知府千金——外婆——作妻子。後來民國成立了，衙門師爺做不成，轉到警察局當差是件順理成章的事。外婆口中的外公是個廉正的警長，他從來不接受賄賂，在那個時代是極之難得的。部下收了賄銀，放在他辦公室的抽屜裏，外公看見了，一定把受賄的部下叫出來教訓一頓，然後把錢原裝奉還物主。在他影響之下，他主管的一群部下都是罕有的清廉之士。外公雖然抽鴉片煙，外婆說他並不是吸毒成癖的人，從來沒有剋扣家用，每月按時按數給家用，只是留下一點小錢買煙抽著過癮，到了月底沒錢買鴉片，就以紙煙代替，部屬有時充公得到的鴉片煙存些在他的煙袋裏，他也不肯收下。他就是這樣的一個男人，外婆常用兩句話來形容他：「做官做得清，荷包打零丁」，意思是為官清廉，落得錢袋乾，雖然外婆語帶譏諷，但看她的臉部表情，卻是挺欣賞自己丈夫的作為。所謂有其夫必有其婦，我所知道的外婆，雖然沒有讀過書，卻很明白事理，絕對不會見利忘義，更兼有俠義之風。

如果外公沒有早死的話，外婆的命運會是怎麼樣？還會流落他鄉、和外孫外孫女相依為命嗎？至少會對我們更加寵愛吧。可惜他們結婚才十餘年，外公就突然去世了。外婆曾多次憶述外公突然逝世的情境：「有一天的黃昏，我喺屋企廚房煮飯，忽然聽到門外一陣陣呼喊聲，匆匆跑出家門口，睇見幾個人七手八腳抬住外公入嚟。車伕大聲說：『王師奶，王先生昏倒了，他剛剛放工，坐上我的人力車返屋企，上車時人仍是好地地，剛到門口，我放下車扶手，他就昏倒，我即刻叫人幫手，將他抬下車來，無想到妳自己出來了。』我睇見妳外公面如死灰，眼睛係睜開嘅，氣息已經奄奄一息。妳媽媽也聞聲飛撲出來，連聲喊著『爸爸你唔好死呀！』此時，外公的眼球微微地轉動了一下，淚水徐徐而下，眼睛反而閉上了。任由妳媽媽和我叫盡千聲，他已是返魂無術了。」

和外婆在廣州的生活

記得五十年代初期，媽媽跟我和哥哥的生父離婚，把我們兄妹託付給外婆教養，然後隻身從廣州到香港謀生，從此婆孫三人過著相依為命的日子。那個時候我只有四五歲，沒有什麼記憶，最早的印象（大概我那時只有兩歲多），有一天黃昏的時候，我坐在外婆為我安置的大木盆上，似乎看見有一個人頭從門外探進來，我當時覺得好奇怪，又害怕，以為有人要打外婆了。那個陌生的頭伸進來幾次，好似想入來，又沒有入來，我當時只懂得說幾句話。那可能是我最早的記憶。另一個記憶是尿床。我那年只有四歲，外婆很早起床到街市買菜，回家如果仍然看見我賴在床上，她會大喝一聲，把我從床上拉起來，然後說：「阿妹，妳呢個懶豬！日頭曬屎忽都唔起身，究竟搞乜鬼？」我死力不肯起來，因為我知道如果我起身，外婆就會發現床濕了，她一定會很生氣，而且會打我一頓，我想對外婆說，我自己根本控制不了，最後外婆還是發現了，不分青紅皂白就打了我一頓。這可能是我最早的創傷記憶。

過了不久，中國內地開始鬧饑荒，由於所謂的「大躍進」「土法煉鋼」失敗，全國缺糧食，每家每戶只能靠糧票提取定量的日常必須食物，我們沒有多餘的錢可以買到其他足夠的物品。那時候我才四五歲，外婆已是五十多歲的人了，身體越來越瘦弱，還得了哮喘病，故無法工作賺錢，照顧我們兄妹兩人已經足夠操勞了。

當時的人民政府雖然窮困，卻仍然有特別的安排，各區的街坊會可以按照該區人民的窮困需要而發放生活津貼。我們當時的經濟狀況很困難，礙於外婆的耿直，人前人後羞於表露我們祖孫三人偶有斷炊之慮的困境。記得我家住在廣州市的九如坊，坊的叫法在舊時廣州十分普遍，和上海的里弄相仿，也有點像北方的四合院，外婆常常掛在口邊的一句話：「啊！大家都係街坊鄰里，住喺一起，好似一家人，應該守望相助。」沒錯，街坊鄰居關係真是十分親密，哪家吃些什麼菜，哪戶沒飯吃，都一目了然。有那麼兩三回，我家沒米下鍋，外婆不肯讓人知道，禁止我和哥哥出門和鄰家孩子玩耍，以免露出饞相。遇到別人問好：吃過飯未？就連忙答：吃過了。外婆每次提起這件事總是面帶愁容地說：「那段日子真艱難啊！妳記得嗎？」我經她一問，依稀記得有一回我們學校的老師來家探訪，知道我們家經濟困難，建議外婆向街坊組長申請救濟，或可得到生活的幫助。外婆難於啟齒，結果老師義助一把，向當局報告了，我們才得到資助。外婆帶著我們到街坊組長處領取救濟金，她並不感到開心，卻是充滿羞歉的表情，拿到錢的一刻，她的頭是抬起來的。事後她告訴我們說：「我從未向人求救濟，心裏感到羞恥啊！我剛才抬起頭來，是怕低下頭眼淚就會流下來讓組長同志睇見。」外婆說要抬頭忍眼淚，但我看來她的眼淚還是滲出來了。我知道外婆經此一回，以後再也不會向街坊會求助了。幸好，過了大半年，媽媽申請我們移民到香港的事批准了，我們離開廣州，到了澳門住了半年，然後從澳門取道去了香港。

說起來我們在饑荒的年代，還可以申請合法移居香港的簽證，因而避開了一場「文革」浩劫，實在是件幸運的事。我們只是在大饑荒邊緣沾了一點邊。我記得當時的人民政府還掀起了一場「除四害」的全國運動，所謂四害者，老鼠、麻雀、蒼蠅、蚊子也，平日上學要繳交捉到的害蟲屍體，捉得越多的學生，越受到更多的表揚，在街坊鄰里何嘗不也是一樣，徒費功夫。跟著「除四害」接踵而來的運動就是「土法煉鋼」，也是要求全民總動員的。前者對於我來說是有點猶豫不敢做的，死了的「四害」，樣子都挺可怕的，要我們小心保存交到學校去，心裏實在有點兒害怕，外婆也認為這種做法是費時費事的，這四類害蟲在地底亂竄，在空中飛來飛去，如何除得了，故此，我們的態度是不積極的。不積極在人民政府的眼中是要不得的行為，要受到檢舉的，故此，在後來的「土法煉鋼」運動中，外婆不得不表現出較為積極的行徑來，她鼓勵哥哥和我也參與。我們仍然是幼童，哪裏知道什麼是政治運動，是以國家的利益為先？外婆要我們提高警覺，到處找尋可以熔化的金屬類物件，交到街坊委員會去。那時我們走路總是低著頭，眼睛四方轉動，哪怕看見地上一個小銅版、小鐵圈或鐵線也不放過，立即垂手拾起，喜孜孜地收集在紙袋裏，拿回家向外婆報告。更有趣的莫過於把家裏用完的牙膏筒，拿給街上的「收買佬」——專門收購舊物件的人，可以換取一小匙的麥芽糖來吃。

別小看這一小匙的麥芽糖，它為我兄妹兩人帶來了一兩小時的歡樂時光：我們把它黏在一支筷子頭上，用另一支筷子把它來回交替攪動，直至糖的顏色從褐色變成乳白色，原來硬硬的質地漸漸轉為柔軟，哥哥和我輪流地把玩，最後我一口，他一口的，把乳白的糖膠放在嘴中，慢慢等待它融化成糖水，徐徐的從喉嚨流下食道，一種清香而甜蜜的味道，留在嘴裏，呼喚著我們，提醒我們用心搜括家裏其他金屬廢料，可以換來多一些麥芽糖。

在那一段祖孫三人艱苦度日的歲月裏，外婆時常在天色迷濛的清晨，緊張兮兮地起床，跑到街市的合作社排隊輪候購買肉類，買回來的只有一小塊半肥半瘦的豬肉。外婆珍而重之地把它們切成細絲，弄上一碟黃豆芽菜炒肉絲，我們吃得津津有味。外婆說黃豆芽有豐富的蛋白質和鈣質，對小孩子的發育特別好，可是對於體質偏寒的外婆，卻是不大適合，她吃了會在夜裏咳嗽，故此，我們也稱這種菜為咳菜。多年以後我學會了在炒菜之前，先以薑片炒幾下，據說可以辟除寒涼之氣。我奇怪，外婆為什麼不懂得這種烹調法呢？

那段艱難緊張的生活，令外婆身體不支病倒了。一天的夜裏，我和哥哥被外婆的呻吟聲驚醒了，看見她的手護著右邊的小腹，豆大的汗珠在額角泛起，臉容痛苦地扭成一團。我們見狀，連忙問她怎麼了？她說肚子很痛，趕快請隔籬的黃師奶來幫忙，黃師奶來了，急得要送外婆到醫院，於是七手八腳的一夥人，把外婆抬出門外。我忘記了是如何把她送到醫院去的，卻記得醫院的名字叫「國際」，這是一間頗大的醫院，屬於政府管理的，一切費用全免。外婆在那兒住了幾天，還做了切割盲腸的手術，在出院的那天，外婆千恩萬謝地向街坊同志施禮，口裏不停地說：人民政府待我們真是好。

外婆在醫院的日子，哥哥和我由鄰居看管，他們輪流邀請我們兄妹到各家用膳。我倆顯得比平日更乖巧，但在我們內心，其實是很焦慮的，害怕外婆會從此一病不起，我們豈不是成了「苦海孤雛」？尚幸天公憐憫，外婆吉人天相，幾天後就回家休養了。經此一次，我幼小的心靈卻蒙上了一道陰影，只要外婆稍有不適，我即想到疾病、醫院和死亡。

外婆說：大難不死必有後福。她出院沒多久即收到媽媽的來信，說我們的移居申請批准了，我們可以預備離開廣州。在那個年頭，可以獲准出國是件極之難得的事情，國家處於艱難時期，我們有機會到外地闖蕩江湖，雖然是前途未卜，但總勝於坐以待斃。「土法煉鋼」失敗後，全國陷於饑荒，我們適時離開了，可說是幸免於難，這就是外婆所說的後福吧。

從廣州到澳門

大概一九五八年的夏天，我和外婆從廣州出來，那時的規定是不能一下子從廣州直接到香港，一定要在澳門停留半年才可以申請到香港。我們祖孫三人就在澳門經友人介紹住進一棟房子裏，那房子位於三樓，是很殘舊的房子，面積不是很窄，租金也算便宜，我們住了下來。過了沒有幾天，在下雨的時候，我們發現屋頂漏水，那時夏天通常雨水都比較多，我們一時不知怎麼辦，於是從屋子裏找各種桶桶罐罐，能找到的都找出來了，由於漏水厲害，我們三人合力把雨水接起，接得這裏卻又忘了那邊，弄得我們跑來跑去，好不容易才安置好漏水的部分，但已經把我們累得精疲力竭了。

我們住的房子面對一條街，名叫清平直街，那是一條舊街道，也是旅客必到之地，因為那兒有很多販賣食物和手信的店舖，有杏仁餅、蛋卷、牛肉乾、豬肉乾等甜美小吃，還有很多食肆賣的是雲吞麵、粥和叉燒飯等。外婆很喜歡帶我們在這條街上走走，可以吃碗粥或雲吞麵。杏仁餅入口即化，在舌頭上好像不肯離開，讓我一直回味無窮。豬肉乾味道越嚼越甘香，我不捨得吞下去。我不喜歡吃牛肉乾，因為它太硬了，可是雲吞麵和叉燒飯都是我的至愛，尤其愛吃半肥半瘦的叉燒，肥的部分特別令我垂涎三尺。可惜我現在年紀大了，為了健康的問題，再也不敢吃這些肥的叉燒了。這些好吃的東西，在廣州都是很難找到的，因為當時內地正鬧大饑荒，食物都需要配給，哪裏可以隨意買到這些好吃的零食。

我們在澳門，日子過得很愉快，每天除了逛街、吃零食之外，偶爾也會去看電影。有一間清平戲院，就在家的附近，走兩分鐘就到了，放映的電影都是從香港運過來的，內容比在廣州看的影片好看多了。看完電影我們還可以吃碗粥或雲吞麵，高興得很。

有時外婆也會帶我們跑到對面的一條大馬路，那兒有一間中央酒店，每天下午有「白鴿票」開彩——這是一種類似香港的六合彩的合法賭博。酒店大堂的牆上掛了一塊木板，上面寫了一串數字，都是當日開彩的中獎號碼，如果跟你買的彩票上的數字相同，你就中獎，可以拿到或多或少的獎金，因此吸引了不少作發財夢的人。外婆是個很實在的人，從來不買這種彩券，因為她不想發這種意外之財。

在中央酒店的門前，也有很多小地攤，小販在賣著砵仔糕及南乳花生，我們最喜歡吃南乳花生，因為花生炸脆後加上南乳的甘香，令人吃了很難忘記它的味道。外婆也很喜歡吃，雖然她的牙齒不好，還是禁不住一吃再吃。她說：「好吃的東西，一定要嚐，管它牙齒痛不痛。」於是我們三人一邊逛街，一邊說著話兒，十分開心，如此就消磨了一個下午。澳門的教堂特別多，我們最愛走到山頂的大三巴教堂，那裏有很多遺蹟，需要爬很多梯級才可以到達。外婆向來有哮喘病，她一邊喘著氣，一邊陪我們拾級而上，到了山頂，看到一望無際的風景，跟我們說：「乖孫，我哋睇到咁靚嘅嘢，辛苦一啲都值得嘅！」

還有在一條主街上的玫瑰堂，記得它的牆是淺黃色，鮮艷奪目。澳門曾被葡萄牙殖民，他們信奉天主教，教堂特別多，每間教堂都有它的特色。我們進入玫瑰堂，看到五光十色的玻璃窗，聖壇上供奉著聖母像，還有一個大大的十字架。也看見幾個教徒，跪在椅子後的低凳上，垂著頭祈禱。我們走在裏面，感受到一種莊嚴肅穆的氣氛，大氣都不敢出一口。

另外，外婆也喜歡帶我們去一處叫「司打口」的公園，哥哥在那兒騎單車，我因為人太矮小了，外婆不放心我騎，只好在旁邊觀看。我當時只有五歲，真希望我趕快長大起來，就可以盪鞦韆了，參與哥哥的活動。後來到了香港，終於可以盪鞦韆了，有一天黃昏，外婆帶我們到公園玩耍，看見公園裏有鞦韆，於是我跳上鞦韆，請外婆在後面推我一把，那時我感覺整個人都飛上天了，一時得意忘形，腿一滑，從鞦韆上掉下來了，下巴剛好撞到地上的一塊石頭，血流個不停，我驚慌之下摸摸下巴和牙齒，當時痛得大叫大喊，外婆匆匆把我送到醫院去，醫生替我縫了幾針，還告誡我以後不要再做這種事了。到了現在，每次我摸到下巴上的傷痕，就想起那一次的驚險經歷。

在香港相依為命的生活

半年之後，我們可以到香港去了，我們坐了當時的一艘輪船德星號離開，船很大，可以坐好幾百個人。如果我沒有記錯的話，大概需時兩個小時才可到達香港，媽媽早在碼頭等著接我們了，我們見面當然非常開心。

到了香港，媽媽早已經友人介紹租了住處，那兒是在九龍城寨附近的南角道，我們進入屋內，看見有許多房間。房子是一棟唐樓，我們住的是三樓，樓梯是暗的，幾乎伸手不見五指，要很小心地走，尤其外婆年紀大了，眼睛看不清楚，上樓梯很辛苦。

我們進入了房子一看，地方頗大，每間房又分開好幾間小房間，媽媽帶我們進入其中一間，我們仔細看，面積大概有一百多平方呎，只能放下一個衣櫥和一張床；那時候流行一種碌架床，分上下兩層，可以節省空間，外婆說：「以後哥哥可以睡在上層，我和阿妹睡在下層。」除此之外頂多放一張飯桌和幾張椅子。

然後，媽媽帶我們去見房東，房東是一對中年夫婦，還有四個孩子，本來是五個的，房東太太悲傷地說，其中一個在三歲時去世了。他們夫婦長相和善，四個孩子之中，只有一個女兒，這女兒看來十多歲，樣子挺甜美的，她看見我之後，似乎對我特別有好感，立刻很親熱地拉著我的手。

然後我們再到別的房間去，房東把住在裏面的房客逐一介紹給我們認識，他們當中有一對夫婦是還沒有孩子的，丈夫替人補鞋，太太是一個縫衣服的能手，她做的衣服都是用當時流行的珠仔串成的，手工很是精細，而且珠仔顏色有許多種，光彩耀目，這種「珠仔衫」是當時有錢婦人才買得起的。另外一家人是一對夫婦，有一個低度弱智的小男孩，他們是來自上海的。還有一個單身漢，他沒有說他的職業，連房東也不知道。

有一天我經過他半開半閉的房門口，幼小的我，因為好奇心的驅使，無意中往房內瞄了一眼，看見他手中拿著一張錫紙，然後把一些白色的粉末放在錫紙上，他的鼻子往那些白色粉末大力吸進去，每吸一口，都顯得飄飄欲仙，看來很享受的樣子，這樣的動作反覆多次，一包白粉都被吸進了，然後他閉上眼睛，一臉滿足的神情。

最後我們去參觀廚房及洗手間，廚房面積不是很大，只有四個煮飯用的火水爐，所以要燒飯不能在同一時間，不然會十分擠迫。外婆是個很為人著想的人，通常她會提早一點燒飯，以免妨礙同屋人，所以我們習慣很早吃晚飯。

我們住進去一個星期，發現許多問題，譬如煮飯的時間限制在一個固定的時候，就十分不方便，雖然外婆提早煮飯，也會給她造成很大的心理壓力。五十年代的香港，仍然沒有抽水馬桶，用的是木材做的一個大木桶，大小解都得蹲在上面，到它滿了，有叫做「夜香娘」的工人來拎走。由於廚房的位置很接近洗手間，所以煮飯的時候時常聞到一陣陣臭味，令人很倒胃口。

我記得有一晚我上洗手間的時候，感到有一種奇怪的力量推開洗手間的門，我用力關門，不料兩三回都不成功。事情過後我跟外婆說，我夜間去廁所，竟然發生這樣的事情，外婆說：「哎呀阿妹，妳撞到鬼啊，妳唔記得屋主太太話過佢三歲嘅仔死在這間屋嗎？佢呢個頑皮鬼仔，同妳玩一下咧！」雖然外婆如此說，我仍然十分害怕，自此之後晚上都不敢上洗手間，我夜裏想去小解都盡量忍住，到了實在忍不住了，才叫醒外婆要她陪我如廁。

我那一年到了香港開始唸一年班，有一位女同學跟我特別合得來，她家住在九龍城寨裏，外婆一直警告我千萬不能去那兒，因為那兒品流複雜，不適合一個小女孩進去。通常外婆會每天接送我上學，有一天她忙，沒空來接我下課，我趁著這機會，跟著那個同學到她家去。進了城寨裏面，看見房子都很陳舊；野狗、野貓，甚至老鼠都到處可見，街道很窄，九曲十三彎。地上滿是灰塵，路旁看見有男人和女人蹲在路邊上，做著和那房客同樣的事。我問同學他們在做些什麼？她告訴我這種行為叫「追龍」，白色的粉末是毒品，吸盡進鼻子裏，令人有種欲死欲仙的感覺，我才恍然大悟，難怪鄰居的那個單身漢吸著白粉時，看來也是很享受的樣子。

過年

轉眼我們在南角道住了一年，到了農曆新年了，外婆對於這節日是非常重視的。雖然她一向有嚴重的哮喘病，尤其在冬天發的日子特別多，但依然勉強起來預備過年的食物：蒸蘿蔔糕，炸紅豆沙角子。這是我們在香港過的第一個年，當然是很特殊的。之前在內地要買什麼沒什麼，在香港就很不一樣了。她老早就已經給我買了一件紅色的棉襖和一條紅褲子，還有一根紅絲帶，用來綁我的兩條小辮子，哥哥的則由他自己選擇。年三十晚外婆先把紅封包預備好，給我和哥哥每人一封放在枕頭下面，這樣就可以保佑我們一年都平安。紅封包到了年十五才可以拆開，我們每一天都想著這個紅封包，希望日子快快過去，就可以把錢拿出來買零食吃了。到了年初一，外婆會派紅封包給來拜年的友人及同住一間屋的小朋友。那年代用的錢一元以下都是硬幣，外婆沒有很豐裕的錢，所以裏面裝的大多是硬幣。我們小孩子就不同了，對於收到的紅封包特別有期望；住在同一棟屋子裏，有一對上海夫婦，他們給我和哥哥的紅封包竟然是軟的，我們一摸便知道是「好嘢」。據說這家人其實經濟環境並不太好，他們在過年前已經向房東太太借了錢，這是房東太太的女兒告訴我的，因為他們夫婦很愛面子，所謂「打腫臉皮充闊佬」，我當時聽了一知半解。新年過去了，我和哥哥只收到三封「軟嘢」，另一封是外婆給的。

上面提到的房東女兒，我稱她為志雲姐，她是一個標準戲迷，很喜歡看當年流行的粵語片，歡喜的明星有任劍輝、白雪仙、芳艷芬，還有林鳳等人。因為她沒有妹妹，把我當作妹妹看待，每天下課後，如果趕得及的話，她會帶著我看公餘場，通常都在五點過後，票價特別便宜。她帶著我進戲院，如果坐在她的膝上，是不用買票的。如此做法，我感到特別溫馨，因為我平日只有一個哥哥，他不肯陪我玩耍，有了志雲姐的陪伴，我開心多了。

可是志雲姐到了中學畢業後，經由朋友介紹一個從美國回來的男人，嫁到美國去了。我從此又少了一位玩伴，又回復到比較孤單的日子了。我們住在南角道的唐樓三年，後來因為房東一家跟隨女兒移民去了美國，我們只好遷到別處去了。

我和哥哥的學校都在九龍城區，我們當然不會遷離九龍城了。新居在衙前圍道，這地方也是一棟三層高的唐樓，房間在二樓朝街的方向，所以非常嘈吵，但是比南角道的稍大。房東是位老婆婆，這所房子是她住在美國的女兒給她買下的。外婆很喜歡這房間，她平日有空的時候，可以從窗口往下望，看見街上的行人很多，他們拖男帶女，悠閒地走著，以女性為多，她們穿紅著綠，有老有少。外婆告訴我，她看這些不同的女人和小孩來來往往，從她們身上穿著的樣子，大概可以分辨出是怎麼樣的一類人。我那時雖然年幼，已覺得外婆是挺厲害的，心想她是怎樣可以猜得出來的呢？當我年紀大了，覺得外婆是個很聰明的女人。當我和哥哥上學的時候，外婆到市場去買菜，那時的街市，不是如現在的菜市場般擺設整齊，而是把菜蔬雜亂地放一起，肉販在地上放著豬肉、牛肉、魚蝦等海鮮。九龍城住了很多潮州人，他們喜歡吃一種蒸熟的魚，用一個盤子裝著，擺在地上賣的。我們通常都不吃這種魚。

我們的屋主婆婆，看來有點肥胖，樣子有點不太友善。她有兩個孫兒和她同住在一起，大孫是個女孩，小孫子是個男孩，姊弟兩人相貌很不一樣，小女孩長得比較漂亮；她眼睛大而且發亮，一頭棕色的頭髮，梳了兩條小辮子。

屋主婆婆每天不做任何事，都是差遣她的大孫女去幹，我曾經問這個女孩多大年紀，她告訴我，她今年十歲。老婆婆每天要她燒飯、洗衣及做許多其他的家務，如果做不好，還會遭受到一頓毒打。祖孫三人不同桌吃飯，老婆婆和男孫兒一起吃，而孫女只能吃他們剩下的菜，我感到十分奇怪，為什麼同是孫兒而待遇卻是如此不一樣呢？後來才知道，原來她的孫女是從街上撿回家收養的。

更有趣的是外婆竟然在菜市場結識了一位中年女人，她帶外婆去以前九龍城寨的衙門參觀。衙門是以前清朝縣官辦公的地方，外婆說那兒地方雖然不大，卻是頗具規模的，裏面有好幾張桌子，看起來雖然陳舊，但是辦事人員工作很認真，而且幹起事來井井有條，態度友善，外婆說她參觀後覺得十分開心，讓她開了眼界。可是現在整個九龍城寨都拆掉了，衙門當然也沒有了。我們為了憑弔昔日的九龍城寨，去了原址，才發現建成一個公園。

拔牙

外婆的牙齒素來不好，經房東太太介紹，去了城寨裏面看牙醫。到了那裏，看見診所只是小小的一個房間，四處亂七八糟，頭頂上掛著火數很低的電燈，醫生穿的是普通人的衣服，看來不像一個醫生的樣子。他大聲大氣地命令外婆坐在手術椅子上，那椅子舊得很，好像快倒下來的樣子。外婆怯怯地坐下去，當時的心情很驚慌。她在廣州也曾脫過一次牙齒，經驗已經很不好，這次到香港來了，沒想到這個醫生更兇狠，她沒有辦法，只好照醫生的吩咐坐了下來。那醫生也沒有詳細地問外婆哪幾隻牙齒痛，隨手在旁邊拿起一套拔牙用的工具，死力把外婆的牙齒一次脫光了，外婆當時痛得呱呱大叫，說道：「醫生，我好痛！你一次就脫晒我嘅牙齒，我以後點樣食嘢？」可是那醫生根本就不理會外婆說的話，照拔如儀。外婆實在痛得不行了，差點昏死過去，幾乎哭了出來，可是那醫生仍然不為所動，最後還向外婆索取脫牙費，雖然費用不很高，外婆勉強可以應付過來。

外婆回到家裏，呆坐在椅子上，一句話也說不出來。到了下午我和哥哥回家了，她說：「阿妹，阿妹，我頭先俾個牙醫差啲搞死啦！我今晚搵乜嘢嚟食飯，牙都被拔光啦！」我們聽了，抱著外婆，令她的心情安定下來，可是任我們說進千言萬語，外婆依然叫痛。那天晚上我和哥哥雞手鴨腳地在廚房煮一碗粥給外婆作晚餐，外婆喝了，她說：

「咁都算係一碗粥？簡直就係一碗漿糊！」我和哥哥已經盡了九牛二虎之力，最多也只能做到這樣了。外婆最後勉強吃下，還安慰我們說：「唔緊要，你哋已經盡咗力，我已經好開心啦！你哋兩個細路仔能煮出一碗粥已經唔錯，婆婆知道你哋好孝順就得啦！」我們才鬆了一口氣，算是對外婆盡了一點綿力，於願足矣！從那時開始，我就希望以後能多些機會進廚房，跟外婆學習煮餸，可是外婆說：「呢個廚房咁細，又咁多人一齊用，多妳一個人唔係更加阻手阻腳，而且妳又咁細個，點識煮嘢啊！」我當時大概只有六七歲，也是很難做得到的，還是等我長大一點才算吧！可是不知等到何時何日才可以實現。

福佬村道

在九龍城的衙前圍道只住了半年，我們就搬到福佬村道。那裏又是個怎麼樣的地方呢？我們未到那裏之前，有人說福佬村道住了很多福建人，故得此名。搬家那天，我們觀察附近環境，看見附近店舖很多；其中有金舖，店裏坐了很多人，大多是女人，她們細心地看著各種首飾，尤其是金手鐲，外婆說：「呢啲女人好有可能係媽媽同女兒辦嫁妝，福建人喜歡金飾，越多越好，娘家越有體面。阿妹，以後妳結婚，如果婆婆仲有命見到，我都希望可以多買啲金戒指俾妳！」

除了金舖之外，還看見附近有一間專賣豆腐、豆漿和腐乳的舖頭，那兒環境不錯，我們以後可以到那兒吃東西了。外婆是天津人，她說以前年幼時在家鄉，也喜歡喝豆漿的。此外還有藥房，藥房賣的藥品種類繁多，但店裏只有一個人坐著。

到了我們要把家具搬上樓之前，看見隔鄰有一間棺材店和一間賣生果的攤子。我們住的也是一棟唐樓，房間在二樓，我們把家具幾經辛苦才搬了上去。房東太太是個福建人，她丈夫在馬來西亞工作，賺錢寄回家，買了這間屋子給家人住；他們家有三個女兒和一對龍鳳胎，我們叫這對龍鳳胎B仔B女，他們年紀幼小，大概只有三四歲。住進去之後，發現房間比以前兩處居所都大，我們十分高興，開始佈置房間，還添置了一些家具。

外婆很早就起床去買菜了，到市場之前，在街市外面先吃早餐，通常吃的是一碗白粥、一條油炸鬼，或一個牛脷酥。她提著一個菜籃，每天買一次餸，爬三層樓梯，十分辛苦，但她好像不太計較，而且每次買菜都到附近的糖果店為B仔B女買些糖果。等她預備好午餐，就和這對龍鳳胎小孩在屋裏互相追逐玩耍，給他們糖果，常常從屋頭追到屋尾，非常開心。房東太太為人和善，其他三個女兒都上中學了，晚上才回家吃晚飯，外婆從這兩個小孩身上得到很多樂趣，可見外婆是很有童心的。他們家裏還有一台黑白電視機，我們吃過晚飯後，大家圍坐在房東太太的客廳看電視節目，那時最流行的一個節目，名叫《歡樂今宵》，其次是一個從外國傳來的摔跤節目，外婆最喜歡看這種摔跤節目了，她看得興奮時還會大叫大喊，活像一個小女孩似的，B仔B女坐在她身上，也會拍手叫好，說真的，那時幼小的我真是有點吃醋呢！回心一想，只要外婆開心就可以了，這不是很好嗎？我們相安無事了好一段日子，歲月如歌，每天都是好日子，這不是件好事嗎？

媽媽寄錢的困難

媽媽改嫁後，每月均從婆家拿錢送來接濟我們祖孫三人。親家奶奶（媽媽的家姑）對她特別寵愛，她說媽媽有一雙迷人的眼睛，媽媽嫁到她家後，她知道媽媽有寡母和一對「外甥子女」（最初媽媽還不敢認哥哥和我是她的親生兒女）需要養育，她不單止不嫌棄，並且主動提出要給外婆買一棟房子，可以自住又可收取一些租金作家用。外婆拒絕了這個建議，她說：「我是嫁女不是賣女，無功不受祿，怎好意思接受別人如此大禮？」於是親家奶奶答應每月會親自送上一些生活津貼給外婆。每月的頭兩三天，富泰的奶奶由司機駕車來我們家，由她的妹妹——我們稱她為姨婆奶奶——陪同，踏上三層樓梯，來家送錢，因為親家奶奶長得肥胖，進得門來，已經是上氣不接下氣，好辛苦吃力的。親家奶奶為人和藹可親，富而不驕，我們都十分感激她對我們的資助。

媽媽結婚一年後，隨丈夫到英倫留學，外婆是一個自尊心很強的女人，她覺得怎麼可以繼續靠親家的奉養呢？這是沒有道理的事，雖然親家奶奶答應繼續接濟下去，但主要的生活費用由媽媽從英國寄錢回來。媽媽如果按時給外婆匯款，她會覺得女兒還可以，可是有的時候媽媽沒有準時寄錢回家，外婆便會很擔心，她掛念的是媽媽是否發生了什麼意外呢？沒有錢開飯當然也是十分令外婆焦慮的。我聽同學說如果你掛念一個人，在家的門後面叫他的名字，他就會有回音了，於是，每逢遇到沒有媽媽的消息時，我就站在門邊叫喊媽媽，告訴她外婆很擔心，請她快快來信，匯款回來，至於這是否有效，我卻一點也不知道，只是姑且一試。我說：「媽媽！妳可否快點給外婆來信，外婆很掛念妳，就算妳沒有錢匯回來，外婆也不會怪妳的，但是沒有信就令她牽掛不已了。」可是我一次又一次地喊叫，始終沒有應驗那個同學說的話，令我十分失望，自己又不敢對外婆說，怕她更加擔心。

外婆的性格處處表現出一派北方人的豪邁之氣。她常說一句話：「我們做人要有骨氣，不要為了蠅頭小利而屈就權貴。」這就是她的座右銘：「人窮志不窮」，在家用錢短缺的年月裏，她從來不開口要媽媽多寄來一點錢，情願靠自力賺外快以貼補家計。外婆的確很耿直，表現出來的骨氣令人不敢小覷她。

六十年代的香港，經濟剛起飛，家庭手工藝方興未艾，許多家庭婦女都到小工廠去取一些手活回家加工。外婆也不甘後人，她最常做的是串塑膠花和小圓膠珠鏈。每天彎著背拚命在串啊串的，眼睛都累得流下淚水，仍是鍥而不捨地串。拿回的報酬雖然不多，但是到了出糧的日子，她總是喜孜孜地對我們說：「妳婆婆賺到的錢夠了，就儲起來打造成金戒指，作為妳日後的嫁妝。」我聽後感動得哭了，一向以為外婆偏心，卻原來她是對我十分疼愛的。可惜外婆死得早，沒有看見我結婚。

往後的日子，外婆賺足了錢，果真鑄造了三隻金戒指，這些戒指卻沒有留下來，倒是進了當舖，解除生活的燃眉之急。

豬油撈飯的日子

外婆很久沒有收到媽媽的匯款，她沒有錢給我們買菜煮飯，只有每天給我們做豬油撈飯。豬油撈飯究竟是怎麼樣的一道菜呢？我們吃了覺得很新鮮而且又好吃，於是問外婆，外婆說，她在街市買菜的時候，肥豬肉一般是沒有人要的，所以肉販不收錢，乾脆送給外婆。豬油是豬身上的純脂肪，多成網狀，此部分的油又香又滑，以前酒樓的廚師都會指定用豬油烹調菜式。炸成豬油之前，必須用水把肥豬肉洗乾淨，撐開的蛛網狀脂肪，令我聯想起做棉被的棉紗，條條棉線縱橫交錯成網狀，也是純白色的，彷彿結成一個又一個的白色的夢，外婆也把它切成塊狀，那白色的夢似乎跟著破滅了。塊狀的脂肪在慢火中逐漸溶解，由少到多，鍋中浮著大小不等的油渣滓，滾燙的油鍋不時發出吱吱的響聲，偶不小心，把水滴在鍋中，就會發出更大的噼啪的聲響，假如走避不及，更會弄得花容失色，所以做這東西要特別小心。待油渣冷卻後，沾著白砂糖來吃，香甜酥脆，味道好得無與倫比。

整個炸豬油的過程我曾在旁邊看見過，覺得十分有趣。炸好了的油遇冷結成乳白色的結晶體，我們各自把一大湯匙的豬油放進仍在冒煙的熱飯中，輕輕地攪動數下，塊狀的豬油融化在碗裏，油光亮亮的，再加一湯匙黑醬油，然後灑一把蔥花，就變成了一碗色香味俱全的豬油撈飯。

外婆，我們這年代的人，為了健康，早已不敢吃這豬油撈飯了，何況我從來沒有在街市裏看見這些網狀的肥豬肉。

媽媽有一年回港，她看見我們晚餐吃的是豬油撈飯，便責怪外婆為什麼給我們吃這些食物，她說這些食物會令人的膽固醇升高，以後最好不要再吃了。我當時心想：如果不是妳不依時寄錢回來給我們，外婆會這麼做嗎？妳應該好好檢討一下自己哦！

可是媽媽還是時常不按時寄錢回家，外婆真的成為「巧婦難為無米炊」，每天過著愁眉苦臉的日子。我和哥哥沒有辦法安慰她，只好做個乖乖的孫兒，讓她從我們身上得著一點安慰。

當舖

說到當舖，令我想起當年發生的一樁事。一天，外婆神經兮兮地跟我說：「阿妹，妳幫婆婆做件事，待會我進當舖去押金戒指，妳幫忙給我『睇水』。」我反問外婆怎樣「睇水」呢？外婆說：「我進去當舖時，妳站在門外看守，過五分鐘給我打個暗號，讓我曉得可以出來，我怕被熟人撞破。」經她這麼一說，我禁不住緊張起來了，深感自己責任重大。

來到當舖門前，我倆不約而同地瞪大眼睛，向前後左右四周張望，之後外婆以迅雷不及掩耳的動作，一個箭步跨進當舖裏。過了五分鐘，眼看沒有熟人經過，我遂大聲喊說：「婆婆可以出嚟囉。」咦！外婆沒有出現在我眼前，等了兩分鐘的光景，我只好跑到當舖裏看個究竟，只見外婆如小矮人般，站在比她高出幾個頭位的高台下，怯怯地低聲說著一連串話，連我也聽不清楚，更遑論台上當舖的「掌櫃大人」了。事實上，掌櫃大人不彎下身來，根本就看不見她，也聽不見她的話。於是，我躍身招手，示意外婆要大聲喊出聲來，好不容易才完成了那宗交易。

滿以為可以鬆一口氣，誰知雙腳甫踏出門檻，就遇上了剛從門外經過的房東太太。那一刻，我看見外婆滿面緋紅、似笑非笑的表情，尷尬地向房東太太點頭，一手掐著我的小手，匆匆地向家門走去，我感到我的小手是痛的，心臟怦怦亂跳。我知道回到家裏，一定難逃外婆的責打，誰叫我沒有「盡忠職守呢」？

這件事情的發生叫我畢生難忘，難忘者非為皮肉之痛，心靈所受的創傷反而是最深刻的。我首次體驗到貧窮似乎是件羞恥的事，若不，外婆為什麼怕被人撞見她上當舖呢？她大概認為，典當物件是椿不光彩的事，外婆是個舊式的賢淑女性，她從不知道有權利要求自己的女兒多寄些錢給她持家，只知道老來從女，而當女兒的卻是不夠體貼媽媽，故此，外婆終其後半生都在窮苦中度過。可惜，我當時年紀幼小，沒有足夠的智慧洞悉其中道理，到了我懂得道理的時候，外婆已經不在人世了，可憐她大半生吃盡苦頭，從來沒有機會過好日子。

外婆和哥哥

媽媽跟外婆的關係，沒有和外公來得好，所謂父慈女孝。媽媽在中年時期跟我談到與外婆的關係時，一臉無奈地說：「妳婆婆的脾氣壞極了，我年幼時，她常為了一些小事情而痛打我一頓，我爸爸要保護我，她越發打得厲害，爸爸看得於心不忍，只好負氣出門，眼不見為淨。當時的我被痛打之後，總會暗自沉思：我可能不是這個媽媽親生的女兒，不然，她哪狠得下手把我打成這樣呢？」我想媽媽的疑惑永遠得不到證實。媽媽沒等到十八歲即匆匆要結婚，離開外婆的身邊，這算是最直接而又快捷的方法吧。母女兩人的關係，終生是疏離而淡薄的。俗語有云：「有其母必有其女」，媽媽在抱怨外婆的時候，當然沒想到，多年之後她的女兒——我，也在埋怨她的狠心，嫁給一個富家子後，就把我和哥哥丟下給外婆看管，和新婚丈夫到英倫追求理想的生活去了。母女三代關係一代傳一代地疏離下去，造成無法彌補的內心缺憾。

外婆仍然奉行「棒下出佳兒」的信念，可是對哥哥和我的待遇不同。外婆疼愛哥哥，他做任何事情都可以，每天下課後，可以不立刻回家，到外面和同學踢球，吃下午茶。因為外婆有個觀念，「男兒志在四方」，哥哥在外頭走動，可以增廣見聞，交朋結友，對將來事業也有幫助，不能只做「裙腳仔」，不然將來有人會見笑的。哥哥下課後往往流連忘返，況且哥哥的年紀也不算很大，愛活動，甚至去看電影，到了晚飯時候才肯回家，我和外婆等他回家才吃飯。

外婆是個容易焦慮的人，一旦到晚飯的時候還不見哥哥回來，她就會很擔心。有一天剛剛過了吃飯時間還不見人影，外婆擔心極了，她在細小的房間裏來回走動十多次，我在旁邊看著她這種行為，也是十分焦急，但不知怎麼辦，只好叫道：「婆婆不要急，或者他和朋友看電影，電影太長了，才遲了散場！」但是外婆哪裏肯聽我的話，她說：「阿妹，妳喺屋企等我，我而家出去搵妳阿哥，睇佢去咗邊度。」我當時感到十分不安，心想人海茫茫，她哪裏去找呢？像海底撈針一般，況且外婆又目不識丁，就算有人指點路徑，她也不知道啦！外婆出去後，我心裏不停向上帝祈禱，請上天保佑他倆平安回家。我不只求上帝，還求玉皇大帝、觀音菩薩、聖母瑪利亞、主耶穌基督、龍母娘娘，心想只要有其中一位神靈保佑，就可以了。我當時在家中坐立不安，不時往窗外望，繼而坐在椅子上，煩躁極了。我想，如果他們有什麼不測，我豈不是成了個孤苦伶仃的女孩？我以後怎麼過日子呢？時間一分一秒地過去，最後我看見外婆和哥哥面帶笑容地回來了，我才透了一口大氣。哥哥是個聰明人，他每次遲回家之時，一定會到附近的餅店買一塊蛋糕，這是外婆最愛吃的食物，外婆見了，根本不會罵他，因為外婆的心早已軟化了，脾氣也停了，根本罵不出他來了，我卻被他們差點嚇得半死了。

外婆，妳何其偏心啊！如果我要出街，必須向妳要求大半天，還要看妳的心情是否很好才敢開口，但哥哥卻可以自由出入。我已經是個十多歲的女孩子了，而且很乖巧，妳也不用擔心我的，是嗎？妳又何須把我管束得如此嚴厲呢？難道妳真是如此不信任我嗎？

外婆雖然長得矮小，但是威嚴十足，聲線洪亮，生氣的時候，大喝一聲，把我嚇得心膽俱裂，立刻跪地求饒，急得眼淚直流。她會順手拿起柴枝、藤條猛力往我手腳鞭打，絕對不打頭臉部位，她說：頭是重要的部位，一不小心弄傷了，人會變得癡呆，那是件非同小可的事，萬萬做不得。

每次受責打，情景都十分震撼，在我的記憶裏留下深刻的烙印。小時候看的粵語片的情節中，許多時都出現一場慈母打兒女的戲，片中的母親總是哭著喃喃地說：「兒啊！你的皮肉痛，媽是痛在心脾哦！」其實外婆打我們何嘗不是一樣？只是她對我們的要求太嚴厲了，我打破了一隻小湯匙，可能都會引起她的怒氣。人生氣的時候，會動了真氣，而外婆素有哮喘病，一旦怒氣攻心，面容就會變得灰白，淚含眼眶，氣喘連連，邊罵邊打，挺費勁的。如果我慌忙走避，更惹她生氣，她會氣沖沖地說：「好哇！妳走！我最憎恨妳走的，我今天就要打死妳！」她此語一出，我立即站著不動，任由鞭子撻在身上。如果我不哭，她的心、她的氣反而軟下來，沒多久便不再打了，一場風暴就此平靜下來。那時，外婆的臉容帶點悲傷，細看之下卻是輕鬆的，像完成一宗大事似的。我想她內心多少有些後悔，過了幾天，她禁不住說：「其實呢，阿妹是很值得我疼錫的。」我聞言，心下戚戚然，暗想：我本來就是個乖女孩嗎！只是妳無端端把我拿來出氣而已。遭受責打是家常便飯般的普通，一星期或一回或兩回，時輕時重，輕者稍打或斥罵一頓，重者以藤條或柴枝鞭撻，而且邊追邊打，打人者和被打者都哭了，最後非得跪地認錯才得收場。

到了我自己結婚可以當母親的時候，我始終覺得自己將不會是個稱職的媽媽，我一定會無緣無故虐打我的孩子，甚至做夢都會夢見自己被媽媽追打得驚醒了過來。我感到十分奇怪，事實上媽媽從來沒有打過我，為什麼我有這種夢？事後分析，我的解說是外婆當年代替了媽媽的職責，她對我的嚴厲責打，似乎在警告我，要我不要當媽媽，因此我真的沒有要做媽媽的慾望。

外婆心裏雖然煩悶，但看見我和哥哥這麼乖，她心裏也感到安慰。小時候，我們家的鄰居有時會給哥哥和我送一些食物，如果剛好我在上課，哥哥會大口大口地吃個清光，一點都沒有留給我。反之，我如果收到別人送來的東西，我會留下給哥哥，甚至等他回家一起吃，在這種情況之下，外婆會豎起大拇指說我很乖，我頓時感到受寵若驚，越加努力來博取她的歡心。

雖然如此，外婆仍是對哥哥愛護有加。有時哥哥在外面和同學玩耍的時候，起了爭執，回到家裏，外婆只向他責備幾句就了事。我在旁邊乖乖坐著，外婆通常責備了哥哥之後，她會說：「阿妹攞條藤條嚟，等我打妳，如果唔係妳就會好得戚！」我那時覺得真是「閉門家裏坐，禍從天上來」，真是有冤無處訴，只好等到晚上躺在床上，在被窩裏偷偷地哭，不敢大聲，生怕把在旁邊的外婆吵醒了，那不是更糟糕嗎？那時我心想如果有一天我死了，外婆就可以記得我一輩子，再不會這麼偏愛哥哥了，想是這麼想，卻是捨不得離開外婆和哥哥。但是外婆會這麼想嗎？我實在不知道，可能這只是我一廂情願的感覺而已。

其實我也知道外婆為什麼脾氣這麼差，為的是她四十歲就守寡，又是個文盲，半生受盡酸甜苦辣的滋味，會有好的脾氣嗎？我是這樣想。我為了討好外婆，在家沒事找事做，有時替她洗頭、抹身，陪她到菜市場，也替她捶背，她因為我這麼做，對我寬容一些，我已經感到很開心了。

蘋果的滋味

有一天我和外婆去街市，看見很多蔬果，其中有一種水果，我特別喜歡，那就是蘋果。我問外婆說：「這是什麼水果？」外婆：「妳真係大鄉里，蘋果妳都唔識？係美國運來嘅『地厘蛇』果。」我以前從未見過這種水果，它的樣子好像女孩子的一張笑臉，紅紅的，我想它的味道一定也是很甜的。外婆見我這樣好奇，她在開心之餘，買了一個蘋果給我吃，我從來沒吃過這麼好的味道。初時我不敢要外婆買給我，我知道從美國來的食物一定很不便宜，沒想到那天竟然可以吃到了。自從那天吃過蘋果後，念念不忘它的味道，希望以後再次嚐到。自此以後，我每天想著蘋果，沒想到原來這種美國的蘋果只是一種很平常的水果，價錢一點也不貴，現在我和歐梵每天至少都會吃一個蘋果，每次吃著蘋果也讓我想起慈祥的外婆。

媽媽是個粗心大意的人，她每次回娘家從來沒有給我買來蘋果，我又不敢開口向她要，只好每次想啊念啊，希望有一天會見「周公」時，他會給我帶來蘋果。我明白這是癡心妄想，在周公的遠古年代裏，可能也沒有蘋果出產呢！只是我這饞嘴的小女孩傻氣而已。有一天早上起床竟然看見桌上放了一個蘋果，我驚訝之下，問外婆蘋果是從何而來的，外婆說：「或者係天上掉下來嘅，我順手執返嚟！」我聽後開心地大口大口拚命啃下蘋果，我知道這個蘋果當然不是天上掉下來的，我吃著蘋果，眼淚徐徐地流個不停。原來不善於表達情感的我，到了這一刻，竟然依傍在外婆身上撒嬌。外婆禁不住抱著我說：「傻女，妳而家唔係應該好開心咩，點解仲會喊起上嚟？」我知道外婆為了我可以再次嚐到蘋果的滋味，才買來這個蘋果，我沒有問她哪裏來的錢，在那一刻我倆的心已經連在一起了，再也分不開。外婆態度的轉變，給我自己多了一個藉口，認為遠行的媽媽反而冷漠無情，因為她們母女的差距太大了。

每一次媽媽回娘家，對外婆說話時，都是表現出一副不耐煩的模樣，外婆當然很傷心，只責備自己的囉唆，說太多女兒不想聽的話。外婆只好閉口不言，於是母女之間更是少了許多話題，各懷心事的時間更多了，直至外婆去世的時候，媽媽也沒有回來見外婆最後的一面，這是天意嗎？

外婆的衣著

外婆是個生性節儉的人，我跟她生活十多年，印象中她似乎沒有多少件衣服替換，在家裏都是穿著普通的薄紗綢衣服，原來的深褐色衣服都洗得變了淺褐色。說到紗綢這種布料，是外婆那個年代的人很常穿的衣料；夏天穿起來十分涼快，因為它的質感很薄，洗多了之後原來略為硬的布料變得柔軟，故此穿起來更加舒服，外婆更不捨得把它丟棄，就一直穿下去。至於外出的衣服，我記得外婆只有兩套：一套是藍底帶有暗花的綢緞衣褲，每逢過年過節或有朋友請吃喜宴，她才捨得拿出來穿；另一套是純黑色的綢緞衣裳，看來十分樸素大方，外婆這人就是很低調，不喜歡惹人注目。如果我沒有記錯的話，這兩套衣服還是她的第二個女婿送給她的。到了外婆去世時，我和哥哥臨時就把這兩套衣服權充作為她的入殮壽衣。

外婆與上帝

記得我唸初中一年班的時候，我的班主任是個虔誠的基督徒，他每次上課都拿著一本聖經，上課時不會看，但下課後，在教員休息室會讀聖經。他很慷慨，用自己的一部分薪水在學校的附近租了一間房，讓我們下課後可以和一班同學在那兒溫習功課，當然也讓我們和他一同讀聖經和祈禱。我們在那裏度過了許多快樂的時光，尤其是我，因為數學成績不好，請幾個男同學為我補習，他們不厭其煩地教我。過了一年，老師問我們相信耶穌嗎？我和好幾位同學都表示願意信主，於是老師給我們定了一個日子去受浸禮，我告訴老師要先回家問外婆的意見。於是，我找了一天外婆心情似乎比較好的時候，跟她說過幾天我就要去受洗了，外婆聽了大為生氣，她說：「妳受乜嘢洗呀？妳唔係每日都沖涼嗎？」我解釋因為自己信了耶穌，要接受洗禮。她聞後生氣地說：「唔准！妳信咗耶穌，以後我死咗要妳清明燒一炷香都幾難啊！」我聽後十分害怕，哥哥剛好在旁邊，他勸外婆讓我去受浸，外婆堅持不肯，哥哥也沒有辦法，只好要我跪在外婆面前，外婆順便拿起藤條打了我一頓，然後說：「妳去啦！妳出了這個門口，以後就唔好返屋企，我都唔會認妳作孫女！」我聽後仍然沒有改變初衷，因為耶穌說：「為義受逼迫的人有福了，因為天國是他們的。」過了幾天我真的去受了浸禮，回到家外婆對我不理不睬，至少有一個星期，我每晚吃飯前，低頭祈禱謝飯，外婆會把我的碗搶去，她大發雷霆地說：「呢啲飯係我煮嘅，唔係耶穌俾妳食嘅！」我沒辦法，那天晚上只好餓著肚子去睡覺。信教當初，老師告訴我們，以後不要去看電影啦，因為睇戲是一種犯罪的行為，我是個聽話的教徒，乖乖地忍心不去看電影，至少忍了一個月，後來實在忍不住了，偷偷地跟外婆去看，我們婆孫二人又和好如初。我自我解釋：其實電影的情節大多是勸人向善，我又何必固執呢？

文盲

外婆有一句口頭禪：「我咁樣！我盲字都唔識個，真是做鬼都唔靈。」這句話聽起來很有趣，但是在說這話的人內心，包含了許多焦慮和遺憾的心情。小時候我從學校拿回家的家課日誌，每天都需要家長簽名，表示家長和老師互相合作，監督學生的學習進度。我媽媽不跟我們同住，家長就是外婆了。可是，外婆不識字，只好以印章蓋印代替簽名。

表面上蓋印章比簽名簡單得多，但是一個印章，對蓋的人和看的人，卻是包含了複雜的情緒。外婆蓋完印有一陣發呆，我問她：「婆婆妳為什麼若有所思？」她說：「我不認得字，就蓋一個印，你們的學業成績是好是壞，有否做功課，我從何知道呢？」我說：「婆婆放心吧，我們知道用功讀書的，不會欺騙妳。」外婆說：「話雖如此，到底是很不方便的，萬事都要靠你們這兩支盲公竹。」她說得也有道理，以我記憶所及，外婆從未坐過車到港島區，頂多到九龍的彌敦道，那時我們家住九龍城，她認識的一號車是去尖沙咀，途經彌敦道，所以她願意坐這號公共汽車，而且也不常去，大概一年才三四次吧。外婆不常走出九龍城，我也沒有太多的機會到外頭走動，直至她去世了，我才開始跟同學約到尖沙咀碼頭見面，從來沒有坐過渡輪遠赴港島，直到二十一歲後，表哥才帶我首次到中環找姑媽吃午飯。姑媽在中環上班幾十年了，我這鄉下女才出城見世面，但比起外婆我還是幸運的。

外婆的身體

不認得字，不單止行動不便，更減少了許多從日常生活中得來的樂趣，例如閱讀。在無聊的日子裏，我們可以從書本裏跟作者交流，其實寫作是抒發情緒的最佳工具。外婆不會讀、不會寫，只好把委屈的情緒訴諸於口，甚至以鞭打我們為發洩的手段，可是，在責打我們的同時，怒氣也會傷到她自己的身體。她的身體一直不好，有嚴重的哮喘病和由於骨質疏鬆導致的骨骼痛。她的哮喘病由來已久，每逢冬季，病情特別嚴重，非要醫生為她注射藥物不可。食物對哮喘病至關重要，有些食物她明明知道千萬吃不得，但她卻偏偏不理，硬要吃了才開心，結果胃病來犯，令她痛得死去活來，之後又忘記戒口，禁不住再次犯戒。

至於骨痛也是舊患，從我懂事以來，外婆每次生病，一定痛苦呻吟，她說：「每根骨頭都好似被刀仔刮，搞得我痛苦不堪，痛到入骨，不過就係咁啦。」她求我給她捶骨，力氣越大越受用，那時我才五六歲的年紀，哪能有多大力氣，她總是說：「用力點！用力點！」我已經出盡氣力她卻嫌不夠，有時我貪圖舒服，躺在床上用腳踢打她的腿骨，有時實在累了，邊睡邊捶，變成輕一下重一下的踢腿，叫外婆生氣，她會大叫一聲說：「阿妹，你搞乜鬼？」我半睡半醒之間被她這聲大叫，嚇得完全清醒過來了，只好老老實實地坐起來，用一雙小手替外婆重重地捶打。在錘骨的當時，我不只一次問外婆：「婆婆妳的骨已經在痛了，為什麼還要我加重捶打呢？這豈不是更痛嗎？」但是，外婆給我的答案，總不能令我滿意，我為了叫她舒服一點，只好竭盡所能地服侍她，以博取她的讚許。又是那一句：「阿妹有時是十分抵錫的」，粵語「抵錫」就是值得人疼愛之意。平日看到我們這對小孫兒，她著實感到窩心，承認我倆是對乖孩子，尤其是我，終日依在她的身邊，替她捶骨、抓癢、洗頭，送茶遞水，無微不至，所以她在感動之餘，就說阿妹是十分抵錫的。

其實外婆是很疼愛我們的。平日自己省吃省用，她不為自己添食買衣，遇上過年過節，家中殺雞拜祖，一對雞腿一定分給哥哥和我，自己吃雞頭雞尾。每年的春節，手頭雖然短絀，但外婆從來不會忘記祭祖先，她認為這才是個賢良淑德的女性，也是她父母留給她的遺訓：做人不可以忘本。外婆逝世後，我和哥哥也沒有忘記祭她。

外婆去世

天氣陰晴不定的一天早晨，外婆吃過早餐，平日吃的照例是一碗白粥、油炸鬼和牛脷酥，那天忽然吃了一碟豬腸粉，這是很少有的。她買菜回家給我和哥哥特別帶了豬腸粉及麵包。

外婆生於寒冷的北方，那兒的人，到了冬天怕冷，通常不每天洗澡，那天外婆也沒有洗澡。中午吃過飯後，外婆和Ｂ仔Ｂ女在屋裏追逐一番，手裏拿著兩包糖果，逗著兩個小孩子玩，她邊走邊喘著氣，但是依然忍住，一點都不當作一回事。到了黃昏的時候，她想還是應該先抹過身子，再來吃晚飯，這樣比較舒服，於是她先去廚房燒了一盆滾熱的水，盛在一隻銅製的盆子裏，據說銅可以保暖，她怕冷，這是最好的方法了。

水燒滾了，她小心地拿到房間去。其實早上出外買菜的時候，她已經感到有些頭痛，但沒有理會它。正準備抹身的時候，她忽然感到頭痛更加厲害，而且眼前一片昏黑，她當時十分害怕，立即放下抹身的毛巾，趕忙跑到床上躺下來，在匆忙中幾乎忘記了墊高平日用的兩個枕頭，讓自己的呼吸平順一些兒。

那天剛好是星期天，我不用上課，早午飯和外婆一起吃，早餐我吃的豬腸粉太多了，還有麵包，都不是外婆會給我們買的食物，那天買來麵包，我愛嚐新的味道，把它吃盡了，但是豬腸粉沒有吃完，外婆還說：「阿妹！我給妳買的豬腸粉點解唔食完，妳睇吓，非洲好多人冇飯食嘅，佢哋想食都冇得食，記住唔好浪費食物。」中午外婆煮了她的拿手好菜涼瓜炒牛肉，這是我們三人都很喜歡吃的菜，除此之外還有鹹魚蒸肉餅，味道也很不錯。

沒想到外婆突然感到不舒服，當時我把兩個枕頭墊在她頭下，她呼吸非常急促，一如她平常說的「上氣唔接下氣」，我看見這種情狀，當時十分驚慌，幾乎要大聲呼喊出來，但怕這樣令外婆更加不舒服，於是鎮定下來。她初時的情況還可以，似乎呼吸平順了一點，但是過了一陣，她呼吸又再次急促起來，我只好把她的身體挪到我的身上，用手慢慢地按摩她的胸部，按了好幾分鐘，她依然氣喘如牛，越來越喘得厲害，連臉色也變得蒼白了，猶如一張白紙，一點血色都沒有。我慌亂了，於是大聲呼叫：「婆婆妳點呀，我好驚啊！」但是似乎沒有什麼反應，我只好呼叫房東太太過來，請她看看外婆的情況，房東太太來到我們房間，見狀況不妙，那時外婆看來已經奄奄一息，於是我立刻請她替我找醫生來家。醫生匆匆趕到，他診斷之後，說外婆的心臟跳動非常急促，而且很衰弱，隨時會停止呼吸，我當時好想哭，但回心一想，那時哭也無用，最重要是讓自己安定下來，否則情況會更糟糕，於是請房東太太去球場，把哥哥叫回家。哥哥當時和友人踢球，正玩得興高采烈，他聞言，匆匆跑回家，他當時心情一定十分混亂。回到家裏，那時醫生已經用氧氣袋幫助外婆呼吸，可是一點效果也沒有，哥哥跪在外婆床前，大聲呼叫：「婆婆！婆婆！我返嚟啦！」外婆在朦朧之中似乎聽見哥哥的呼叫聲，就在那一刻她閉上了眼睛，氣斷了！就這樣昏死過去。

正應驗了一句話：「樹欲靜而風不息，子欲養而親不在。」在外婆的回魂夜，我下廚做了一碟涼瓜牛肉來祭外婆，希望外婆永遠安息，下一世投胎不要這麼辛苦了。

外婆的回魂夜

婆婆，妳雖然原籍天津，但吃的都是廣東菜。今天是妳的回魂夜，所以我也特地為妳做了一盤廣東菜——涼瓜炒牛肉，供奉在妳的靈前，這是妳生前最愛吃的菜之一。涼瓜屬性苦寒，妳每次吃過都招來一夜的咳嗽，不得好睡，但是妳還是愛吃，現在嘛！更不打緊了，妳不會再咳嗽了。他們說妳今夜會被地獄牛頭馬面的公差押解回來，在妳投胎轉世之前，回家見見妳的親人。回魂夜，這種叫法很嚇人，魂魄又是怎樣的一種東西呢？是有形的抑或是無形的？聽說鬼魂都是長髮披肩、面色慘白、兩眼無神，更何況被面目猙獰的牛頭馬面用鎖鏈拖著回來，鎖鏈又長又重，妳彎著腰背走回來，我們不想見到妳這種樣子，雖然多天沒見到妳，卻又不想見到妳。哥哥今早買了兩顆安眠藥，我們預備今晚睡前服下，會睡得很熟，妳回來摸我們、看我們，我們都會渾然不知，但妳千萬要留下一個標記，讓我們知道妳曾經回來。請賞面嚐一下我為妳預備的供品，也可以喝一杯小白酒，人說一醉解千愁，妳做了鬼大概不會有憂愁吧？妳就算只吃了一口涼瓜牛肉，我都知道的，我秤過了這盤菜的重量是十三兩，不多也不少，吃一口大概輕五分吧。婆婆！這菜的味道很不錯，做法可算是得到妳的真傳：牛肉依順紋切片備用，調味料有醬油、糖、麻油、芡粉少許，涼瓜去核（piao）放在熱水中燙一下，然後在熱鑊中烘乾水份，在燒紅鍋後把牛肉快炒十數下上碟，搗爛蒜粒及豆豉，加入滾油中，與涼瓜混合快炒數十下至涼瓜變軟，最後加入已經炒熟的牛肉，攪動一下即可上碟，如此就成了一道可口的菜式。

昨夜睡了一半被哥哥的哭聲吵醒了，我在睡眼朦朧之中看見他的身體匍匐在床上，雙手護著眼睛，放聲嚎哭，發出椎心泣血的悲鳴，叫出呼天搶地的喊聲，我看著聽著，睡意全消，也坐在他旁邊，陪著他大哭起來。在那一刻中，我覺得我們成了無依的孤兒。婆婆妳沒有白疼哥哥一場，這幾天他從早到晚忙於安排妳的喪事；沒吭過一聲，也沒有流過一滴眼淚，從送妳到殮房，到醫院領取死亡證，買棺材，選山墳，安排出殯及安葬事宜，更有日後為妳做超度的法事等，都由他一人承擔，我這小妮子什麼也幫不上忙。多虧他費心了，才十八歲的少年似乎比別人早熟，婆婆！妳大可放心，我們兄妹會互相照顧的。

妳的突然去世，雖然令我們這對小兄妹措手不及，但是妳沒有多大的痛苦，是值得我們安慰的。妳修得好死，都是妳一世求神拜佛的結果，沒有做任何虧心事，也常積德行善，妳說這是妳做人的宗旨。但是我們懷疑妳能否投胎轉世，為了確保妳的靈魂可以找到妳的「真身」，哥哥決定找來八個和尚，為妳在七七之期做法事，據說經過這些天的超度法事，妳下世可以投胎做人一定沒問題，說不定還可以早登極樂世界。

明天是妳去世的第七天，是所謂的「頭七」，挺重要的日子。我記得妳以前曾說過：「生時日過日，死後七過七」，即是死人以七天為過日子的單位，妳到底有沒有回來吃涼瓜牛肉呢？我們吞了安眠藥，睡得昏昏然，早上起來頭腦依舊一片迷糊，忘記了秤那碟菜是否重量減輕了。明天是妳大殮的日子，我會再煮一碟涼瓜牛肉給妳吃，如果妳上次沒有嚐到，明晚仍有機會嚐到呢！哥哥今早去了紙紮舖，訂購了一批紙紮物品及元寶，明晚燒給妳。紙紮物的式樣繁多，其中有女傭人供妳使喚，有洋樓一棟、汽車、麻雀牌，因妳現在閒得很，怕妳悶，打麻將正好消磨時間。最重要的是紙橋，沒有這條奈何橋，妳的魂魄就到不了對岸找妳的「真身」，更遑論投胎轉世了。這些紙紮物只在頭七燒化給妳，以後三七、五七、七七只有和尚誦經，妳聽到經文就靈魂安息，忘記前世的一切苦難，奔向往生的極樂世界。

婆婆！妳現在應該無牽無掛了，我和哥哥在殯儀館守夜，看見妳躺在後堂的一張小床上，臉色更是出奇的紅潤，明知道這是胭脂的色澤作怪，也令我們安心，妳那安詳的面容是我從來沒有見過的，自此妳再不需要擔心生計，更無需受疾病之苦，想妳有生之年從來沒有如此稱心滿意吧？在和尚喃喃誦經聲中，願妳的靈魂直奔極樂，永遠脫離塵世的苦難。

外婆的葬禮

外婆的葬禮在她去世的第七天才舉行，亦即是「頭七」，那天我們請了八位和尚超度她的亡魂。我們預先在世界殯儀館定下一間小禮堂，我和哥哥晚上大概六時先到現場，安排一切事宜，那天靈堂旁邊放了許多用紙紮成的物件，例如汽車、洋樓、紙幣、丫鬟，這一切都是供外婆在陰間使用的，除此之外，還有媽媽要我們代她送的花牌，當然也有我和哥哥送的一盆精美的鮮花，另外還有鄰居們送的祭帳及花牌。在和尚們的一片唸經聲中，親友們徐徐走進靈堂，只有七八個人，顯得有些冷清。我和哥哥雙雙跪在堂前，向賓客和友人行三鞠躬的謝禮，我們沒有哭聲，因為有人預先告訴我們，開喪那天，親人絕對不能哭，不然會令死者不願意離開人世而無法投胎轉世。我們替外婆買了一副半等價錢的棺材，因為我們可花的錢不多。我和哥哥在友人未到之前，先到外婆的停屍間看外婆，看見她臥在一張小木床上，樣子很安詳，像一個熟睡了的小孩，只是沒有氣息，面上抹了淡紅色的胭脂，唇上也塗了口紅，眼睛是合得緊緊的，我們看見她這種容貌，心中雖然悲傷，也頗感到安慰，尤其是她的一雙安睡的眼睛，我們知道她是死得瞑目了，大概她曉得我和哥哥會彼此照顧，她大可放心了。

送喪的儀式大概花了大半個小時，結束後我們請友人和賓客們到九龍城一家飯店吃解慰酒，感謝他們的到來，更感謝他們在外婆去世後的一個禮拜裏，每天給我們照顧兩頓飯。安葬禮定在第二天的早上，我們會到柴灣的華人永遠墳場安葬外婆。柴灣墳場是香港最大的華人永遠墳場之一，那兒風景十分優美，外婆的墳墓是背山面海的，視野甚為廣闊，不知是否可以北望神州，看到她的天津老家。

那天晚上，我和哥哥就在殯儀館守夜，我和哥哥坐在外婆的小床旁邊地上，我也帶來了一碟涼瓜牛肉，一方面聽着和尚們的喃喃誦經聲，我們的眼淚再也忍不住流下來了，卻不敢大聲哭喊出來，生怕驚動了外婆。

到了第二天的大清早，哥哥拿著外婆的遺照，繞著她的靈柩走了一轉，然後請各人瞻仰遺容，看見外婆換穿了一套藍色暗花的綢緞衣服，這是她的第二個女婿送給她的禮物，另外一套則放在棺材的旁邊。那時候我看見外婆的嘴唇似乎微微向上，彷彿要告訴我們，她終於可以含笑九泉了。

婆婆，妳大可放心，我們會活得好好的，我們永遠懷念妳。

外婆語錄

我和外婆生活了十多年，她平日對我說了許多她所謂的至理名言，那時候我年紀尚很小，實在不怎麼了解其中的道理，但現在我自己到了花甲之年，才開始體會外婆話中的涵義，真的是很有智慧的。

以下是她所說的話。

一．好女兩頭瞞

「兩頭」指的當然是娘家和夫家。對我而言，這句話根本用不上，因為我已經沒有娘家和夫家了。我結婚沒有兩年，媽媽就去世了，我實在沒有需要什麼隱瞞娘家，媽媽是個很開通的人，她從來不過問我的私事；況且歐梵的父親早故，我只見到他媽媽一兩次，老人家就去世了，丈夫對我千依百順，我從來沒有對他有任何不滿，而需要向家姑訴苦的。

二．命裏有時終須有，命裏無時莫強求。

外婆一生是個安分守己的人，從來不怨天尤人，本著自己的良心做人，就算到了貧病交迫的時候，她都是淡泊自甘，就是靠這兩句話，是她的座右銘。

三．生死有命，富貴由天。

這兩句跟前面兩句話有相似的意思，但牽涉到生死問題，很多人都會很害怕的，可是外婆對於這些一點都不懼怕，她常說：「只要我問心無愧於人，誠心對人對事，希望修得好死就行啦！」

四．一床兒女不及半床夫

外婆和外公結婚只有十餘年，但夫妻非常恩愛；加上外婆和媽媽的關係不是很融洽，所以她真正能體驗到這句話的真實意義。

五・說飢莫說飽

外婆常常教導我們要珍惜食物，不要隨便浪費，吃飽了也不要說自己太飽，這是折福的；如果真的餓了就要吃，這才是正確的行為。

六・冬前臘鴨：隻揍隻

外婆在我十多歲的時候，已經告訴我說：「如果妳以後嫁老公，一定要揀一個跟妳性格不相似的人，如果不是，就有好多麻煩呀！」

七・長命債，長命還。

有很多時候，外婆迫不得已向別人借錢，朋友總是說「妳唔需要急於還我，我不等錢用的」，但是外婆是不會這樣想的，她會一直想著何時還錢，只要她手頭鬆動就立刻還錢，朋友感到很驚奇，問她為什麼這麼快還錢，外婆說「長命債，長命還」不是好習慣，她不同意這種拖著不還錢的做法。

八．三分顏色上大紅

外婆對我從來管教甚嚴，但有的時候，遇到她心情好的時候，我會趁機要她買我想要的東西，到了這個當兒，她會說：「阿妹，妳呢個女仔真係會三分顏色上大紅！」即是說我得寸進尺。我遇到這種情況，一般會伸出舌頭，表示我的詭計被識破了。

九．你敬我一尺，我敬你一丈。

外婆是個善良的人，她平日待人十分好，所以很多朋友對她也很好，在這種情況之下，外婆對這些人就加倍的好，這就是她待人接物的哲學。

十．得人恩果千年記，得人花戴萬年香。

外婆一生之中飽歷憂患，她說受過許多人的幫助，所以她是永遠不會忘記恩惠的。

十一．寧可人負我，不要我負人。

這兩句話，是外婆時常教我們的，她說：「一世人流流長，梗有人對我哋唔住，但是我哋唔好記喺心，如果記得就自己唔開心，我哋只要問心無愧，就可以安心了。」

十二．生仔唔知仔心肝

我和哥哥都比較內向，很多不開心的事，都不會向外婆訴苦，有時她察覺到了，問我們為什麼會悶悶不樂，我們都不會輕易告訴她，她問了兩三次之後，便會說：「生仔唔知仔心肝，何況我又唔係生你哋嘅媽媽。」

十三・兒孫自有兒孫福，不為兒孫做馬牛。

外婆雖然是如此說，但我覺得她終其下半生，都是為我們做牛做馬的。

十四・生仔就係同閻羅王隔層紗

外婆這句話影響我很深，所以我終生不曾生兒育女，大概是我怕死吧！當然也有其他原因。

十五・求人不如求己

外婆一生凡事親力親為，她輕易不向別人開口要求幫忙，除非走投無路，她才向人求助。

十六・打開天窗說亮話，無事不可對人言。

外婆是個誠實的女人，她對朋友從來不說謊，說的都是開誠佈公的話語，所以朋友都很信任她。

十七．人心不足蛇吞象

外婆是個十分知足的人，雖然終其一生都沒有什麼富足的日子可過，但她時常教導我們說：「我哋嘅生活比上不足，比下有餘，千祈唔好貪心，不然就會很不開心啦！我哋係人，唔係蛇，知道嗎？」

十八．來說是非者，就是是非人。

外婆是個不愛說別人閒話的人，故此很多人都會在她面前說別人的壞話，她想：今日你來說別人的壞話，以後難保你不會向別人說我的不是。

十九．若要人不知，除非己莫為。

這句話人人都知道的，外婆更是守得特別嚴格，她時常告誡我們說：「你咪以為做咗壞事冇人知，其實啊！我哋做嘅嘢上天都知道嘅，所以千祈唔好做壞事啊！」

二十．十八無醜婦，女大十八變。

小時候我覺得自己長相不好看，故此有些自卑感，但外婆常常告訴我說：「阿妹妳唔使擔心，妳以後就會變得靚多了。」記得我到了十七歲那年，媽媽從英國回來，我去接她飛機，見面後媽媽就跟我說：「阿女，妳真是醜小鴨變了美天鵝。」正應了外婆對我說的話。

二十一．靜坐常思己過，閒談莫說人非。

其實這似乎是古代聖賢說的一句話，外婆竟然會引用出來，這真是令我驚奇。外婆真的從來不在別人面前說人的壞話。

二十二·吃虧即是佔便宜

這句話說來有些矛盾，我初時不太能領會。外婆平日待人接物的表現，處處顯示出來她對朋友的義氣，有一個家裏很窮的朋友來向外婆借錢，外婆自己沒有錢，轉向有能力借錢給她的人求助，令這位向她借錢的朋友十分感動，後來外婆沒錢的時候，友人常來探望外婆。所以從這例子中讓我領略到，外婆付出的，看似吃虧，卻得到寶貴的友情。

二十三·施恩莫望報，望報莫施恩。

外婆時常這樣教訓我，雖然她沒有多少能力幫助別人，仍總是希望自己有朝一日可以幫助朋友，但往往幫助了朋友之後，她就忘記了。

二十四·落地喊三聲，好醜命生成。

其實對於這兩句話我是不敢苟同的，我認為命運是可以操縱在自己手裏的，只是外婆的遭遇不好，才會令她覺得命運早定，不是她自己可以控制的。

二十五・為人不作虧心事，半夜敲門也不驚

外婆時常用這句話來告誡我，她說：「妳千祈唔好做對唔住別人嘅事，咁樣就算有人搵妳算賬都唔怕啦！」

二十六・小心駛得萬年船

外婆一向做事細心，她為人作事都會三思而後行，故此很少做錯事。

二十七・得饒人處且饒人

外婆是個忠厚的人，就算有人得罪了她，她從來不會怪罪別人，所以對她不好的人最後反而對她非常好。

二十八・無苦又何來樂呢？

大半生受盡苦楚的外婆，仍然很樂觀，她知道經過苦難之後，快樂就會到來。我想：她認為苦和樂只是相對的說法而已，這也是另一種宿命論。

二十九・人生唔苦又點算係人生呢？

外婆覺得人來到這世界，就是要受苦的，只要我們能從痛苦中學習到怎樣去應付的教訓，就是不枉一生了。似乎有點佛家的意味。

三十・窮風流，餓快活。

外婆對付困苦的生活有她一套方法，生活貧窮，也自得其樂，遇到好事她感恩，壞事來了，她把它作為鍛煉自己的好機會。

三十一．人要面，樹要皮。

外婆從來就是一個自尊心很重的人，她輕易不會向別人借錢，有一天家中連米都沒有了，她迫不得已向友人借錢，誰知被友人拒絕了，外婆只好空著手回家，往後的日子，她常說：「我以後再不會向別人借錢了，須知人要面子而樹要皮的，我們只是多食幾餐蒸番薯而已。」

三十二．人無千日好，花無百日紅。

外婆為人很看得開，她知道世事總會多變化，今日生活縱然還過得去，健康尚可以，但是終有一日會改變的，猶如花朵一樣會有凋謝的一天。

三十三．好天搵埋落雨柴

外婆持家有道，每月收到媽媽寄回來的錢，都會很小心去用，她有精神的時候還會取許多手工藝品回家加工，她說：「我唔可以亂用錢，趁而家仲可以多搵幾個錢，以後就可以應急啦！」

三十四．食飯可以亂食，說話唔可以亂講。

這又是外婆時常教導我的一句話，她認為不要隨便亂說別人的壞話，縱然別人真的犯了錯，也不可以亂說話，以免傷害了別人。

三十五．人在做，天在看。

一個做了壞事的人，上天自然會懲罰他，用不著我們在背後說他的壞話，所謂「天網恢恢，疏而不漏」，這是外婆常對我說的話。

三十六．錦上添花易，雪中送炭難。

外婆一生經歷艱辛，但她絕少向人開口求助，人都是勢利的，當你有權有勢的時候才會向你奉承，絕少在你困難的時候幫助你。

三十七．天無絕人之路

外婆時常告訴我說：「我嘅一生雖然好艱難，不過在最困難嘅時候，一定會有貴人出來幫助我。」

三十八．求人不如求己

這句話我也是從外婆口中學來的，當我遇到困苦的時候，我都是靠自己的力量去克服的，別人是無法幫忙的。

三十九．天下無難事，人心志不堅。

這句話說來容易做來很難，但外婆一生都做到了，就是靠著她一股強大的毅力，中間經過許多磨難，她都心志堅定不移地一一克服了。

四十．牡丹雖好，都要綠葉扶持。

外婆時常告誡我，在我遇到困難時，需要別人的幫助才可以得到成功。她又說：「妳唔好以為自己已經好叻了，有時都係要靠他人幫助嘅。」

四十一．凄涼不向人前哭，你把淚水藏眼中。

外婆真正堅強，在她最艱難的時候也從未在別人面前哭泣，只會默默地流淚，我最佩服她這種精神。

四十二．待人以寬，律己以嚴。

外婆向來對自己的要求很高，她從來不虧待別人，但是對我和哥哥卻十分嚴厲，甚至有時在責罵之餘還會打我！（但她重男輕女，從來不打哥哥。）這都是因為她愛我們之故，一種恨鐵不成鋼的心理吧！

四十三・先要接受自己，才可以接受別人。

很多人對於自己的過失很容易接受，並且為自己找藉口，但對於別人一件錯事卻絲毫不肯原諒。外婆說這種行為其實是自相矛盾的，而且很自私，總以為自己做的事都是對的，別人都是錯的。外婆認為這些都是因為人不肯接受自己的弱點，哪能原諒別人呢？

四十四・凡事感恩的人是最有福氣的

英語也有這句諺語：Count your blessings! 外婆雖然半生經歷苦難，但她從來不嘆息自己命苦，相反，她時常說：「有你哋兩個乖孫陪伴我，我已經好有福氣啦！」

四十五・做人要隻眼開隻眼閉

婆婆對人很寬容，從來不跟人計較，她一生活得心安理得。

四十六・簷前滴水唔差絲毫

下雨時屋簷積水，積了多少，就滴下多少，這句廣東諺語用來描寫母女關係，非常生動，婆婆常常掛在嘴邊，她說：「阿妹！妳以後要對妳媽媽孝順，妳點對待媽媽，妳以後結婚生仔，佢哋也會點樣對待妳！」

四十七・善惡到頭終有報，若然未報，時辰未到。

外婆是個信佛的人，特別相信因果報應，她一生待人忠厚正直，從來善待朋友，這是她做人的宗旨，對於待人刻薄的惡人，她相信那些人始終會得到報應的。

四十八．各有前因莫羨人

人很容易看到別人有福氣，就會心生羨慕之心，但外婆卻不會，她認為別人之有今日的好運，是他們前身修來的善報。

四十九．人死如燈滅，何必計較咁多呢？

人真的死後如燈一般滅了嗎？我對外婆這句話有些疑問。不跟人計較總是對的，但此生立身行事，行善或作惡，還是有選擇的。

五十．憑良心做事

外婆這句話，聽來很簡單，倒是至理名言。我們憑著自己的良心待人接物，還有什麼可怕的呢？

五十一．人搖福薄，樹搖葉落。

此處的「搖」字，婆婆指的是坐下來的時候腿部不停地擺動，她時常告訴我們，坐有坐姿，睡有睡姿，不然就是個福薄之人。其實我覺得這是個沒有禮貌的人，給人印象不好，至於有福與否，就不得而知了。

五十二．雞公仔條尾彎彎，做人新婦甚艱難，早早起身都話晏，眼淚唔乾落下間……

這是外婆在我小時候時常唱給我聽的一首歌，她說：「阿妹！妳知唔知道，妳大個做咗人哋嘅老婆係一件好唔容易嘅事！」這首歌對我不無影響，記得在中學時期，曾經有好幾個男同學向我追求，我都一口拒絕了，幸好我最後還是找到一個對我非常好的丈夫。我覺得外婆這首歌一點都不對，因為時代已經不同了。

五十三．百世修來共枕眠

婚姻是緣分，小時候外婆常常對我說這句話，我實在摸不著頭腦，於是有一天我忍不住問她說：「婆婆這句話點解？」她回答說：「阿妹，妳到時大個咗就知道啦！凡係一對夫妻結婚，都係經過好多世才可以修來嘅！所以要珍惜！」那時我聽了仍然不明白，現在當然懂了，好像我和歐梵，本來一個天南一個地北，沒想到最後能夠走在一起。

五十四．寧欺白鬚公，莫欺少年窮。

這句話的意思我當然明白，不用外婆說我也知道，少年人有的是時間，他們一時的窮困終有出頭的日子，不像老年人般已經機會無多了。

五十五．人有良心，狗唔食屎。

這句話聽起來有點粗鄙，但經外婆說出，我回心一想，實在是很有道理的。世上沒有良心的人多的是，有良心的不多，但狗不吃糞卻是少見。

夢見外婆

婆婆，我已經好久沒有在夢中見到妳了。多天前的夜裏，我竟然看見妳，但是這夢非常令我驚訝，在夢裏妳回復成了一個小女孩的樣子，看來只是三四歲吧，是由後父拉著妳的小手來看我的，而後父看來也很年輕，穿了一件紅白相間的襯衣，樣子非常瀟灑。我看見妳當時的樣子很漂亮，穿了一件大襟的小外衣，顏色是紅色的，頭上還結了兩條小辮子，綁上了紅絲帶，有點像我小時候的打扮。但是妳看見我卻不發一言，只是臉兒帶著微笑，我問，外婆妳為什麼來看我又不跟我說話呢？妳那時才開口對我說：「阿妹！我好掛念妳，唔知妳最近好唔好，所以嚟睇下妳！」

我回答外婆說：「點解妳頭先唔講嘢，而家先講呢？」外婆說：「阿妹！我哋要講嘢都講盡啦，仲有乜好講呢？」我心裏想，她說得對，她還在世的時候，每天幾乎不是說我這裏不對，就是那裏不對，我覺得她要說的話都道盡了，現在反而不想多講了。

然後外婆要我帶她到處逛一下，她說要見識一下香港，後父也跟著我們一塊兒走。她看來十分開心，小手一直牽著我不放，後父看見有些賣東西的小攤子，會停下來給我們買來吃，外婆拿到買來的食物，狼吞虎嚥地往口裏送，而且吃個不停。我問外婆：「東西好食嗎？」她不住點頭，因為嘴裏塞滿了食物，忙不過來回答我。我感覺到很奇怪，外婆在世時從來不會讓我們這樣做，她會說這是十分沒有禮貌的行為，為什麼今時今日她自己會這樣做呢？

我醒後反覆分析這個夢。外婆終其一生都是在照顧我和哥哥，當然還有媽媽。在夢中她其實渴望有人照顧她，可能因為她在生的時候後父待她不錯，曾揹著她去看中醫，這段時間可能是她一生最得意的時光，難得有一個女婿對她這麼體貼。至於她初時不說話和後來的一切行為表現，是她從小受中國傳統文化約束太多，在夢中的她終於要反抗了，其實以前她對我的嘮叨都是身不由己的。我想如果她有機會再生而為人，也不想生在那個時代。

又是一個夢

前天夜裏又做了一個十分怪誕的夢，在夢中我雙手把外婆抱在懷裏，她的樣子看來是個嬰兒，在我懷裏睡得十分寧靜，沒有一點哭鬧，而我則是現在的年紀。我心想為什麼外婆會這麼細小呢？從我兩歲開始她就帶著我，她每天都忙著工作，哪有時間抱我呢？我開始懂得坐的時候，她就把我放在一個大木盆中，任由我自己呆呆地坐著，所以每個鄰居都稱我為「盆小姐」。現在我已過了花甲之年，反而手中抱著外婆，這是怎樣一回事呢？

我和哥哥從小就跟著外婆，直到我十六歲那年，有一天她忽然死在我懷中！這個夢似乎是一個「歷史鏡頭」的重演，那個時刻我很悲傷，叫盡千聲她也不應，在我夢中她卻睡得安靜，樣子甜甜的。

婆婆，大概妳從小就沒有家人窩心地抱妳，妳也是十分渴望有人對妳疼愛憐惜而得不到，所以現在要在我夢中得到補償，何況我是妳唯一的外孫女，受妳多年的教養，到最後妳沒享過什麼福就逝世了，今日我抱著妳是個小寶寶，是理所當然的。如果還有下一生的話，我希望倒轉過來，我作婆婆，妳當我的外孫女，這樣我就可以報答妳了。

我從夢中醒後，發現自己眼中含著淚。

給外婆的懺悔書

婆婆：

妳現在在天上好嗎？

記得我和哥哥小時候太頑皮了，時常惹妳生氣，尤其是我覺得妳重男輕女，時常不諒解妳，我那是年少無知，其實妳那年代受中國傳統文化的封建思想影響太深，才會這樣。以妳一個官宦家庭出身的小姐，只曉得什麼是三從四德，哪裏曉得反抗，何況妳是一個目不識丁的女人，只知道出嫁從夫，幸好外公對待妳很好，從來沒有呵責妳半句，才令到妳的脾氣較差，以至於我小時候常受到妳的責打。我現在已經過了花甲之年，早已經知道自己不再受到幼時陰影的影響。其實，我覺得媽媽和妳從來不很能和睦相處，也不能怪誰，只是環境迫人而已，我從來沒有生兒育女，所以無法體諒妳當時的心情。

那時妳的經濟能力入不敷出，家用全靠媽媽每月從英國的少許匯款，時常連自己生病也不敢看醫生，怕多用了錢，情願自己受疾病的折磨；現在我們香港有病可以看公立醫院的醫生，價錢便宜得多了，再不需要太擔心了。

婆婆！我真的是非常感激妳，妳那時不辭辛勞每天送我往返學校，以妳那時的年紀，負擔實在不輕啊！還有對不起，我第一次請妳吃晚飯的時候，明知妳那時的牙齒不夠力，我竟然叫了一客牛排，叫妳吃得很辛苦。那時我和哥哥已經有十多歲了，為什麼不帶妳去多點地方走走，妳只知道一號車到尖沙咀，我應該介紹妳多去一些地方，妳可以多見識一些地方，不用一天到晚呆在家裏，令妳煩躁不堪，何況媽媽又時常不按時給妳匯款，妳成了個「巧婦難為無米炊」的婦人。妳去世之前，我和哥哥也沒有好好地留意妳的身體狀況，只聽從妳不想花錢看醫生就任由妳作主了。

婆婆！妳從小教育我們的恩德，我也是忘不了的。妳時常教導我們做人要善待別人，不妒忌別人，就算別人欠了我們許多，我們也要不跟他們計較，而且要愛惜生命，這一點婆婆我實在太對不起妳了，我和前夫離婚之後，患了憂鬱病前後自殺了四次，那是我最後悔的事。

還有那次妳為了幫助友人渡過難關而轉向其他友人借錢，幫她解決問題，這真是值得我學習，我自問不一定做得到，因為這是一個捨己為人的事，真是太難得了。

婆婆！我也時常欺負哥哥，他是妳最愛的人之一。妳每天在家拜神及祖先的時候，我時常偷偷地乘妳不覺時，喝了妳奉神的燒酒，這是個不光明正大的行為，妳雖然不知道，但我是明知故犯的。

有一次，因為媽媽在英國來不及寄錢回來，我們生活發生問題，妳向友人借了錢交學費及生活，也違背了妳時常教我們做人要有骨氣，不過這一點可能妳會不介意的，因為這個是權宜之計。

還有妳以前很喜歡的女婿，妳在生時他對妳千依百順，但他跟媽媽結婚後，趁著媽媽在英倫，他竟然對我毛手毛腳，我打了他兩個耳光，希望婆婆妳不要介意。

平常妳會給我們一點零用錢，在外面吃午飯，我們和同學們到附近小店吃完餛飩麵或叉燒飯，可以多交流。但有一天妳為我預備好午飯，我覺得不大好吃，竟然把一部分送給了同學。妳很少給我們做午餐，就那麼三兩次，我竟然這麼做了，現在想來真是對不起妳。這一代的小孩子當然更不稀奇了，他們家裏有錢，都在外面餐館吃大餐，根本不會吃家裏做的飯。婆婆！妳那時辛勞地操作家務之餘，還要帶我去公園盪鞦韆，我不小心弄傷了，害得妳擔心，這真是太不應該了，婆婆！妳會原諒我嗎？

縱有千言萬語，也難安慰妳在九泉之下的靈魂，我現在誠心地向妳懺悔，請婆婆接納為盼。

阿妹敬上

二〇二二年十一月二十六日

和外婆看粵劇的經驗

香港五六十年代至七十年代初期，廣東粵劇大行其道，每星期總有二至三套新片放映，我此處說的是粵語歌唱片，不是舞台劇。那時候香港的人民，日常生活消遣很單調，除了聽收音機之外，就是上街吃東西，到了近七十年代初才有黑白電視機可以看，但是並非每家人都有電視機，所以人們只好到戲院看電影，特別是粵語片。

那時候我和外婆也很歡喜到戲院看粵語片，每星期總有三四次，我們家住九龍城，附近有兩間戲院，一間叫龍城，一間叫國際。這兩間戲院放映的是首輪粵語片，有時裝的，也有古裝的，但我和外婆卻偏愛看古裝的歌唱片。那時的戲院多分有早場、下午兩點半場，另外有五點半的公餘場，通常早場及公餘場票價比較便宜，早場方便一些無業的人觀看，公餘場優待下了班想到戲院看電影的人，此外當然也有七點半及九點半的晚場。

我記得從八九歲開始到我十六歲外婆去世時為止，我們看了上百部的電影，大多數都是粵語歌唱片，我們雖然生活不富裕，也勉強可以負擔得起。在所有粵語歌唱片中，我和外婆最喜歡的演員是任劍輝、白雪仙、芳艷芬，有時也會看吳君麗的片子。其中任劍輝和白雪仙是我最喜歡的，而外婆兼愛芳艷芬。任劍輝的名字很男性化，幼小的我，一向以為她是個男演員，她演的角色一般都是溫文爾雅的書生，還有穿了大袍大甲、威風凜凜的將軍和寬袍大袖的官員，氣派萬千。

如果有人問我，為何我這麼喜歡任劍輝呢？我年紀幼小時大概不能說出其所以然，但到了年過十歲，略通人事之後，我便知道為什麼她如此值得我喜愛了。她演的《帝女花》中的駙馬周世顯，戲中第一場〈選婿〉，穿上一件寬袖大袍的官服，模樣帥極了，一舉手一投足，功架十足，令人著迷，簡直叫我忘記她是個女嬌娥。她與白雪仙演的長平公主對答時的詞鋒，字字珠璣，雖然曲詞是出於唐滌生的手筆，但從她口中說出來，一字一句都清清楚楚，鏗鏘有力。任劍輝的長相秀氣，臉兒瘦長，一雙烏溜溜的眼睛，神氣十足，牙齒雖然有些哨牙，但我們廣東人有云：千金難買假哨牙！她唱戲時聲音抑揚頓挫，尤其她唱的南音更是繞樑三日，令人百聽不厭。她演的武將，表現出一副身手不凡，靈活輕巧，和演書生時的風流俊俏，又是別有一番風度。

當時香港許多在有錢人家當傭工的女人，大多是終身不嫁的「自梳女」，更是把她當作美男子看待，一遇上有她的舞台劇上演都把戲票搶購一空，難怪人稱她為「戲迷情人」了。到了我十多歲的時候，我也把她視為偶像了。我沒有一天不看任劍輝的電影，現在每天吃過晚飯後，我也會要求歐梵陪我看一部她的電影，雖然他不大懂得聽其中的歌詞，但也勉為其難地陪著我看，漸漸地他也喜歡了任劍輝，可見任劍輝的魅力多麼驚人。我是個幸運的任姐迷，在七十年代初，我有一次在彌敦道上，竟然看見她獨自走著，我當時因為害羞，不好意思上前向她打招呼，但我一直記掛著她。七十年代中我要到美國留學，之前媽媽跟我說：「阿妹！妳要到美國讀書，需要我替妳買些什麼？」我即時就說：「媽媽！我去了美國，豈不是沒有機會再看任姐的戲嗎？我不能沒有她的！」臨行前我買了任白的三套唱片，包括《帝女花》、《紫釵記》，還有《再世紅梅記》，每天讀書、做家務時都在不停地聽，久而久之，我把歌詞都背得滾瓜爛熟了。

外婆也非常歡喜任劍輝，但是她除了聽懂任劍輝說的台詞之外，根本就不知道她唱的是什麼曲詞，但她仍然十分喜愛看她的表演，外婆說：「任劍輝實在太靚仔啦！」我當然同意她的說法。我唸中學時，外婆每天給我零用錢，讓我在街上吃午飯，我省吃省用，存下來的錢請外婆和哥哥去看任白的電影，那段時間我們的日子過得十分愉快。其實除了《帝女花》之外，我也喜歡任白主演的其他幾部電影，如《蝶影紅梨記》，戲中任姐扮演一個多情公子趙汝州，因為他和戲中的女主角謝素秋互通詩文多年，彼此從沒謀面，但早已萌生情愫，正約定見面，這女子就被權貴看上了，被囚禁在府第裏，汝州知道後，跑去求見心上人，卻被拒在門外，那場戲他倆隔著一道牆，一個在牆外哭喊，一個在牆內呼叫，彼此喚著對方的名字，任他們哭得肝腸寸斷，也始終無法見面，兩位主角演來入木三分，令人動容，我禁不住也陪著哭了。

任劍輝對每個角色都演繹得十分投入，她那雙動人的眼睛，一顧一盼都顯得耀眼生輝，可以演不同的角色，每個角色都演得維妙維肖，例如在《抬轎姑爺》裏當個傻兮兮的丈夫，十分搞笑。在《山東紮腳樊梨花》裏演一名大將軍，舞台功架十分到家，揮動一把大刀，勇猛過人，隨著鑼鼓的節奏，步履輕巧有致，令人目不暇給。外婆看得哈哈大笑，禁不住站起來喝采。

外婆除了任白之外，也十分喜愛看芳艷芬的戲，兩套任劍輝和芳艷芬的戲寶分別是《六月雪》及《梁祝恨史》。《六月雪》出自元朝劇作家關漢卿的名著，以前稱為《竇娥冤》，芳艷芬演竇娥，因為母親逝世沒錢殮葬，於是賣身給一位好心的夫人，後來嫁給夫人的兒子蔡昌宗，由任劍輝飾演。芳艷芬長相很美艷，一張妙目更是叫人著迷，她的歌喉很特別，唱起來婉轉清脆，無人能及，戲迷稱之為「芳腔」，叫人百聽不厭，有「花旦王」之稱號。外婆之喜歡她就是因為她的美貌和歌聲。《梁祝恨史》是一齣很感人的愛情故事，最後連老天爺都感動了，把墓門劈開，祝英台一躍而下，為愛殉情，這時銀幕上出現一對紅黃的蝴蝶，翩翩飛翔，外婆看得眉飛色舞。

最近我和歐梵又看了一次《紫釵記》，與我少年時代看的感受，又是不同了，戲中的任白表現得更為合拍了，我以前只感覺到任劍輝的風流瀟灑，俊俏不凡，但這次發現片中的李益（由任劍輝飾演）與霍小玉（白雪仙飾演），他們之間的生死不渝的愛情，實在令我萬分感動。我第一次看這套戲時已經是年過十五歲的小妮子，開始懂得什麼是愛情，芳心也禁不住想像將來能夠遇到這麼一個有學識修養而又英俊瀟灑的丈夫就好了。

這齣戲從第一幕〈拾釵〉開始，任白的表演就精彩萬分，任劍輝演繹出一派俏皮爾雅才子的形象，白雪仙則是一個有情有義的佳人。故事發展到後來，霍小玉為了窮困，走投無路，逼得把定情的紫釵變賣，輾轉被盧太尉買走；三年後李益從塞外回來，盧太尉拿出紫釵，作為李益和其女結婚「上頭」之用，李益和霍小玉幾乎因誤解而分離，好在緊要關頭出現了一個俠客型的新人物黃衫客，仗義相助，揭開霍小玉身世之謎，這對情侶在經歷了多年磨難之後，終成眷屬。我和外婆都看得淚眼汪汪。

我和外婆看的劇目很多，其中有悲有喜，其實那時的粵劇電影很少悲劇，縱然開始時有悲苦的劇情，最後也會大團圓結局。我記得和外婆看的最後一套電影，是由任白主演的《李後主》。那天正好是大年初三，早前已經聽聞白雪仙為了拍這套戲，把全部儲蓄都投進去了，應該是部大製作。我為了看這部電影，足足在戲院門口站了一個小時，才買到三張戲票，我和哥哥、外婆都抱了很大的期望。那時我十六歲，早已讀了李後主的詞，十分喜愛，他用字淒美而意境高雅，可惜他是個小國家的君王，最後還是被俘虜了，被賜服毒酒，小周后亦追隨而死。外婆看得哭了，在哭過之後對我說：「真係大吉利是，過年流流睇呢種戲！」沒想到過了幾個月，外婆也去世了。外婆逝世後，我和哥哥搬離九龍城，從此看的粵語片也少了。

小時候為什麼這樣喜歡看電影呢？因為那時候的戲院門外擺賣了很多的零食，例如烤魷魚、糖炒栗子和紅地瓜，也有一種叫「和味龍」的食物，是一條黑黑的小蟲，有點像甲甴，樣子很可怕，但卻有很多人喜歡吃。我卻愛吃烤墨魚和魷魚，取其香而脆的滋味。還有的是以前的戲院比較隨便，在裏面可以說話，我那時比較喜歡在看電影的時候評點人物，有時見到一些我感到不順眼的演員，我會問外婆這人是忠的抑或是奸的，外婆一般都會回答我，我才安心看戲。每次看到奸人出現，我會大叫：「外婆妳看！奸人出現了，他害人精，害我的任劍輝！」當時我說這話聲音有些大，外婆立即制止我，我只好把聲音降低。

八九年的冬天，我留美十年後返港，第二天在街上走，竟然看見報紙上面寫著任劍輝逝世的消息，我大概是大吃一驚，驚覺自己何其幸運，她竟然等到我回來才去世。從此一代名伶與世長辭，我羨慕外婆可能會在天上跟任劍輝見面。

我的契孫：跟外婆說的心底話

一 堯堯

婆婆！我和歐梵最近認了一個契孫，我們隨著他的父母叫他堯堯。

堯堯今年剛滿一歲，我們第一次見他的時候，他才一個多月大，我們第一眼看見他就愛上他了，那時他還很小，跟我們沒有太多的互動，但跟他多接觸兩次，他開始很有反應了。他的樣子很可愛，也不怕生，誰抱他都可以，非但不哭不鬧，而且很愛笑，每次抱著他，他都動個不停，見面幾次以後，他一進門我就搶著抱他，他在我懷裏動來動去，我也任由他把座椅旁邊老公的唱碟從架子上搬下來又丟在地上，從不制止。他長得很快，還不到兩三個月，他顯然比初見時長大了不少，力氣也越來越大，精力過人，和我們玩了半個鐘頭就把我們這兩個老人累壞了，但我們還是搶著抱他。我從來沒有看到歐梵對任何嬰兒這麼親熱過。我們兩人結婚時都不想要孩子，又談何「抱孫」？現在呢？堯堯的一舉一動，都令我開心不已，有的時候做夢也會見到他對我笑。我們每天都想念他，只好請他爸爸每天早晨給我們傳他的日常生活的視頻，我們邊吃早餐邊看他在家裏的一舉一動。他是個愛吃東西的小孩，每天早上他媽媽餵他吃東西，他都會面帶笑容，兩隻肥肥的小手動個不停，穿著專為吃飯的有圍嘴的衣服，坐在一把高椅子上，把餐盤的食物一件一件地往嘴裏送，遇到不喜歡吃的，就會把它揀出來放在一旁，好像不屑一顧似的，有時候還故意拿給媽媽吃，他喜歡的食物很快就吃完了；口渴了，媽媽給他水喝，他自己也會很熟練地把小杯子拿在手上一口口徐徐喝完。

他爸媽為他買了一個塑膠圍欄，有很大的活動空間，裏面放置了許多玩具，他吃完飯後就在裏面玩，時而拿起毛公仔，時而對著爸爸拍攝他的手機鏡頭笑，顯得有些迷茫。他初時幾個月只是在地上爬著，後來逐漸可以站起來走幾步了，就在圍欄裏自得其樂地走來走去，有時候走到爸爸的鋼琴旁邊，用小手撫弄幾下，彈出不成音調的琴聲。他似乎對什麼都感到興趣，有時在自己的房間裏，爬上爬落，翻東翻西，甚至拉一下他家小狗的毛，弄得小狗很害怕。他從來不哭鬧，除了媽媽來不及給他食物吃的時候，他會哭鬧一下，見到食物他又笑逐顏開了。

他們家住得遠，我們不常見面，但是我每天早上一定要看他的視頻，我和歐梵每天早餐時一定拿出來看，堯堯為我們的早餐加上一道「甜品」，而且我一天不只看一次，通常一看再看，真有點百看不厭的感覺。他的一舉一動都令我開心不已，有時候做夢也會見到他對我笑，如果有人問為什麼我會這麼喜歡堯堯，我只能說是種緣分吧！

二　小豆包

小豆包，從你呱呱墜地到今天，轉瞬已經快七年了，你如今已經是個小男童，而且是個靈巧的孩子。在這一段說長不長，說短不短的日子裡，你曾經給我們帶來不少的歡樂。可惜近年因為疫情的關係，我們見面的機會少多了。每天我們吃早餐的時候，一定會急不及待地打開手機，檢視一下《親寶寶》視頻網絡，看看是否有你爸媽傳來的新訊息。可惜現在收到的訊息幾乎沒有了，大概是你爸媽都很忙碌吧。記得那時，你乾爺爺和我會喜孜孜地邊吃邊欣賞視頻，如果那天沒有收到訊息，心裡有些微的失落感。現在已經習慣沒有收到訊息，大概你逐漸長大了，也忙於學習許多的事物。

我們沒想到，豆丁般的一個小娃娃，竟然有如此大的魅力，我們竟然願意讓你霸佔我倆的工作時間。每逢約了你來家的星期天下午，都會放下要做的事情，等待你的大駕光臨。尤其是乾爺爺，絕大部分時間他都要寫文章，但一旦約了你，他會早一天安排好他的工作，盡量騰出兩三個小時的空檔，作為含飴弄孫的歡樂時光。他全程看著你爬高弄低的，一直笑不攏咀，我知道他和你玩耍，是他最高興的週日下午節目。

雖然你那時只有兩歲，我們卻把你看成三四歲的孩童，為什麼有這種錯覺呢？可能是你表現出來的行徑，或者是智商吧，比其他同齡的寶寶高出很多。從視頻裡，看見你爸媽跟你玩的時候，都很用心訓練你，你也很用心地「玩」。你似乎對任何新奇事物都感興趣，也願嘗試參與。拿爬滑梯來說，你可不徐不急地一口氣爬上十幾級樓梯，並不是一個只有一歲多的孩童能輕易做到的事情，但憑著你的耐力和毅力，你做到了。這全賴你爸媽平素對你的訓練有關，他們對你的教導有方，從來不驕縱你，讓你能「自由行走江湖」，跌倒在地上，也不立刻把你扶起，任由你自己站起來，為的是要鍛煉你的堅毅意志。你又不哭不鬧，站起來又重新「上路」。所以你的膽子特別大，兩歲已經可以在泳池中浮游，更有膽量從池邊一躍而下跳到池中，而且又反覆多次，如此的表現，簡直就是個「小超人」，小豆包我們為你的能力鼓掌。

你爸說：「近來豆包開始反叛了，他有了自己的主張，我們要他這樣做，他偏要那麼幹，不如之前聽話了。跟其他小朋友玩的時候，愛支配別的小孩子，顯現出獅子座的霸道性格。」

其實我和歐梵打從小豆包剛出生就愛上了他，初生時，小豆包已經長得標緻可人，他不像一般嬰兒皺面皮、腫眼泡、活像一個小貓咪，沒有什麼看頭。他出生兩天，我去醫院看他。到了他滿一個月的時候，歐梵和我去他們家探訪他，歐梵從未抱過嬰兒，他小心翼翼地把小豆包抱在懷裡，笑瞇瞇地看著小豆包的小臉，真像極一個慈祥的爺爺，我看見歐梵的樣子，心中興起一個想法，如果我能早三十年跟他結婚，說不定會願意替他生個如小豆包一般可愛的孩子。這種想法，以往從未有的，以往我認為生兒育女是件辛苦的事，長大後替他擔憂一生更是不值得。

記得我第一次結婚時，媽媽常勸我生個寶寶，我就是不願意，媽媽說：「傳宗接代是做人的本份。」我心想我才不相信這一套什麼怪想法，我覺得人來到世上是受苦的多，為什麼還要我的下一代延續下去呢？歐梵有這麼多學生，我們都視他們為我們的子女，這不是很好嗎？

直到我當了小豆包的乾奶奶，想法改變了，原來一個新的生命是如此令人感動的，豆丁兒的一個小娃娃，看著他成長，從懵懂到精靈古怪，會哭更會笑。從只會臥床到懂得轉身，進而可以伸直腰板坐起來，更進一步以雙臂代腳，在地上爬行，有一天竟然可以走路了，更學會了上階梯，真是太神奇了。「無齒之徒」轉眼長出了八隻門齒，守著兩道小嘴唇，嚷著嚐著酸甜苦辣味，為了滿足口腹之慾，他會願意用盡全身法寶，跳舞、扭腰、親吻、拍手，什麼都願意表演一番。

自從認了小豆包作孫兒後，對於街頭遇見的小孩子都多了一份留心和比較心，每逢在餐館、在地鐵上看見小孩子在哭鬧，歐梵總會搖頭嘆息說：「這些小孩子，在公眾場所如此哭鬧真令人討厭哩！我們的小豆包真乖，我從未見過他無故大哭大鬧的。」雖然歐梵有種「敝帚自珍」的心態，小豆包確是個樂觀快樂的孩子，他到我們家裡玩耍，對任何東西都有好奇心，要摸，要看，要玩。如果碰到不適合他拿取的物件，只要示意他一下，雖然他看起來很想拿，但經我們告知不可，他會立刻放手不取，走開另找別的好玩東西。他這種隨和而不執著的行為，真是十分難得。

但是有一點，是他不大喜歡與別人分享玩具，這可能是因為他是家中的獨生子所特有的性格。

我們觀察所得，小豆包性格裡面具備了強而有力的忍耐力及定力，生病了，跌倒在地上，身體給他的不適及痛楚，似乎他都很能強忍著，只是皺著眉，悶著氣，不肆意哭鬧，悄悄地承受了，只要爸爸給他煮頓美味的飯菜，或帶他到公園蹓躂一番，燦爛甜美的笑容又重新展現在俏臉上，他真幸運，有個好爸爸，時常花盡心機陪伴他到處學習各種各樣的事物，近年來從游泳、踢球、打鼓、背誦詩詞、騎單車、賽跑，還有下圍棋，真是做到「一身武藝」。

你媽媽和我說，「我從小時候也是這個脾性，不大愛哭，比較愛生悶氣，把不痛快的事憋在心裡。長大後，性情會容易焦慮及煩躁，但他的優點是肯負責任及有毅力。」

但我認識的豆媽，她性情樂觀開朗，心胸廣闊，辦事能力高，尤其善與人交往，故此在銀行的公關部作出斐然的成績。她長相甜美，時常笑意盈盈的。小豆包，你真幸運！在外貌上長得像媽媽，逗人喜愛，而性格多得自爸爸的遺傳，將來一定可以做個肯承擔負責的大丈夫。

人云：「三歲定八十」，我們並不同意這種說法，我們祝願你在往後漫長的人生路途上，憑著自己不斷的努力，去追求有價值和意義的生命，突破自我，創造出更美好的人生。

三

婆婆，我小的時候妳會對我這麼好嗎？我真希望妳可以對我如我對兩個契孫一樣傾心就好了。婆婆，我跟妳一起生活的時候只比現在的堯堯大一歲，當時媽媽和那個男人分手了，沒時間理會我，照顧我的責任完全落在妳身上，但妳整天忙於做家務，哪裏有時間抱我、親我？況且妳也沒有多餘的錢給我買玩具，我只好呆呆地坐在我的小木盆裏，做個乖女。當然我也沒法責怪妳，因為妳也是受環境所迫，才會這樣做。待我年紀稍長，大概四五歲的時候，妳覺得我懂得一點人事了，就開始每天教我禮貌，教訓我可以做這些，不可以做那些，令我無所適從。其實婆婆，我不知道妳是如何長大的，妳生於官宦之家，從小家裏生活比較富裕，家中只有妳一個女兒，對妳一定寵愛有加，就像堯堯和小豆包一般，父母悉心栽培他們，讓他們有一個非常快樂的童年。我懷疑妳小時候是否也是一個快樂的女孩子，如果是的話，為什麼妳長大後脾氣會如斯的急躁？因為妳脾氣壞，到了我七八歲的時候，妳動不動就會責打我，哪怕是我打破了一隻碗，這樣的一種教養方式，對我是十分不公平的，但幼小的我，當然無力反抗，只得逆來順受，造成我日後柔順的性格；其實這種柔順也不是真實的，只是把怨氣積在心裏，造成我日後不善於表達自我的情緒。這對於我的第一次婚姻有很大影響，最後因為這種習慣招致離婚收場。到了第二度的婚姻，幸好丈夫歐梵對我十分好，鼓勵我要有自己的主見，我反而成了個不輕易聽話的妻子，這對他也是不太公平的。

婆婆，我現在對於契孫們這麼疼愛，其實是我自幼對愛的一種渴求，我在妳身上得不到的，我願意把愛加在他身上，彷彿我自己也如他一樣受到寵愛。

婆婆！妳現在已經不在世上了，但我仍然要跟妳說出我的心底話，我實在是個缺乏愛的小孫女。

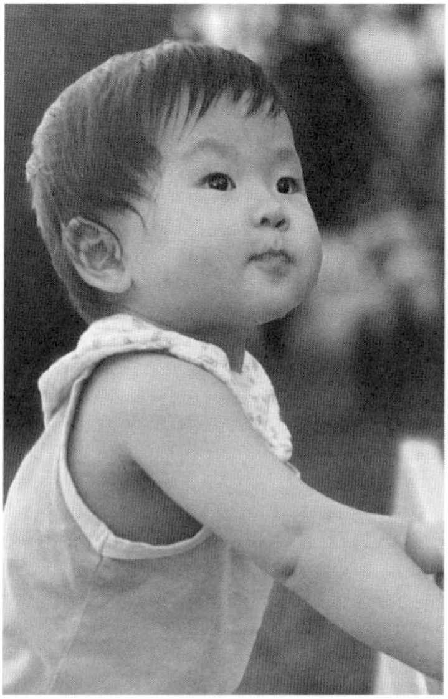

契孫堯堯

契孫小豆包

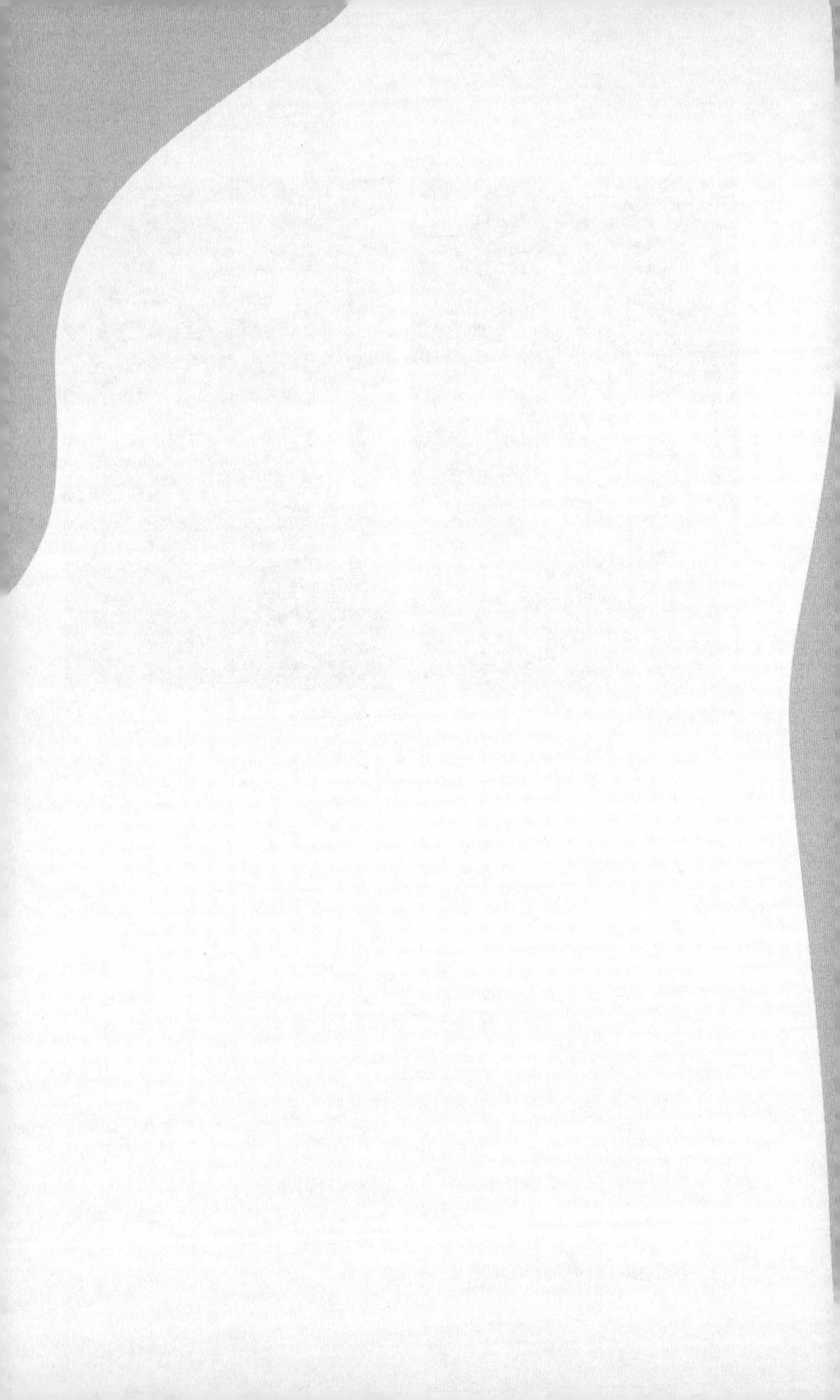

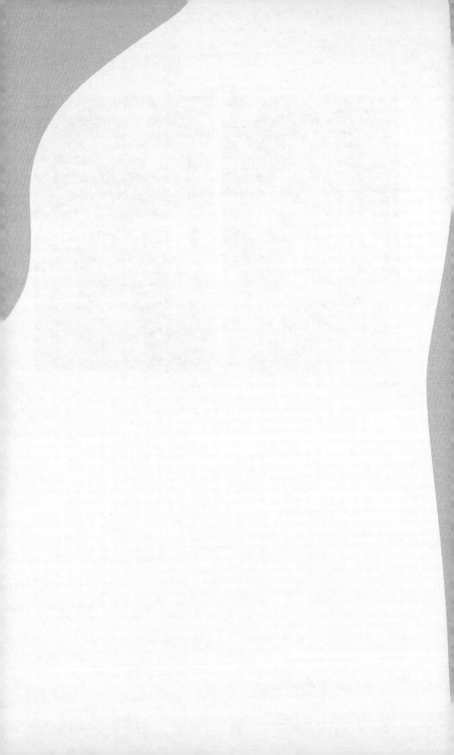

第二章

我的媽媽

媽媽的身世：一個半傳統半現代女人的故事

前言：夢見媽媽

前幾天夜裏我夢見了媽媽。

夢中媽媽突然變成一個小嬰兒，她張著嘴巴要我餵她吃奶，我心裏想：我現在已是過了花甲之年的婦女，哪裏有奶可以給她吃呢？可是，在夢裏她不斷地哭著嚷著要吃我的奶，我抱著她在屋子裏兩邊走來走去，還給她唱著搖籃曲，唱了一遍又一遍，她還是沒有睡著，我感到很無奈，不知道怎麼辦。在我大聲喊叫，十分徬徨之際，我從夢中驚醒，把睡在身旁的丈夫也吵醒了，他問我發生了什麼事？我把夢中的經歷告訴他，他第一句問我有何感想，怎麼解釋？我一個字也答不出來，但回心一想，大概是我對媽媽一直有種複雜的感情，她在世時我時常抱怨她對我缺乏母愛，當我最需要她的時候，她卻遠走高飛，不在我的身邊，當她臨死時我們母女雖然化解了恩怨，她死後我反而感覺對她有所虧欠，於是在夢裏把母女的角色倒轉了，偏偏我從未生過孩子，因此對哺乳的事一概無知。

這個解釋，也是事後不斷反思出來的，內中包括丈夫的意見。其實，我何嘗有資格談如何當一個好媽媽的角色？既然我從來沒有當過媽媽，也從未當過奶媽或保母，哪裏有這種哄小嬰兒和哺乳的經驗呢？

我有這個夢，可能是我對媽媽的感情特別複雜，不是一時一刻可以解開的。她雖然去世很多年了，但我對她的情感一直存在心裏，流露在日常生活中，尤其是我每逢經過她多年前住過的佐敦道華豐大廈附近的地鐵站的時候，總有一種異樣的感受湧上心頭，久久不能平息。這個夢是否包含了我對媽媽的懷念及內疚之情呢？

不料昨夜又做了一個很奇怪的夢，在夢中我獨自坐地鐵到尖沙咀，在經過佐敦道的時候，突然有一股衝動要下車，到附近的恆豐中心給媽媽買一張賀卡，因為她的生日快到了。我下車走進店裏選了很久，都沒有選到適宜的，結果還是決定不買賀卡了，不然還是等媽媽生日那一天請她到附近的素食菜館吃飯，因為我知道媽媽一向喜歡吃素。夢醒後才想起媽媽已經去世了，我為什麼不記得呢？近來我絕少坐地鐵，然而媽媽，自從妳去世以後，我每次坐地鐵都會想起妳，心裏總有一種說不出來的感覺。

媽媽，我記得妳在世時，差不多每星期都會約我到佐敦道與尖沙咀之間的頂好酒樓或金漢酒樓喝下午茶，妳最歡喜吃的是蝦餃和鳳爪，喝的是壽眉茶。我們一起飲茶時，說話並不多，因為我們母女之間的感情雖然內裏深厚，表面上卻很淡薄，偶然妳會向我數落後父的不是，或說一下妳那天打麻雀輸了多少錢，我有一句沒一句地回答妳的話，心中卻想著其他的問題。

我感到有點淒然，為什麼我會在夢中要給妳買生日賀卡呢？是否我還在想念妳呢？當然是。想那時妳從廣州到香港謀生，一個人住在彌敦道只有一百平方呎的小房間，從窗口望出去就是廣華醫院的殮房後門，那時妳才二十歲出頭，哪裏會想到生死的問題呢？

想到這裏，我頓時感到一陣淒涼。在夢中我買生日賀卡，為的是慶祝媽媽的生日，然而人已經死了，還慶祝什麼呢？做夢代表一種潛意識，其實我在夢中已經意識到媽媽妳早已離我而去，永不歸來了。在夢中我還想到請妳吃慶生飯，這也是我們母女見面的一個方式，跟大多數的香港人一樣，有人還點生日蠟燭呢。生日是一種時間的表徵，一年復一年，一個人的生命時間就這麼過去了。媽媽，想不到在夢中我把對妳的思念化為這種日常生活的儀式，表現了出來。

媽媽，我無時無刻不在想念妳，甚至在夢中也是一樣。

媽媽，外婆，外公

媽媽十二歲那年外公過世了，她是家中的獨生女兒，和四十多歲的寡母同住，她感到非常孤獨，因為在那個年代女孩子很少出外交朋結友，除上學就是回家，面對脾氣原本就不好的外婆。自從丈夫去世之後，外婆的脾氣越發暴躁了，以前外公在生時，媽媽每次遭到外婆無故責打，尚有外公護著她，帶她外出逛街，買給她最愛吃的糖果和栗子，哄著她，牽著她的小手，叫她不要害怕，告訴她爸爸是很愛她的。媽媽告訴我為什麼自己喜歡吃糖果呢？因為被外婆打罵的時候，甜絲絲的糖果味道，讓她暫時忘記了心中的愁苦。

天津盛產栗子，外公愛妻情切，每次在下班的時候，都會買回一包栗子，以解妻子的鄉愁，三人圍著吃栗子，感到十分溫馨。但是栗子是外婆愛吃的故鄉食物，媽媽為什麼也喜歡吃呢？她解釋說是為了記著栗子是他心愛的爸爸買來給她吃的，每次吃著栗子，眼淚禁不住流滿了一面，口中喊著外公，問外公為什麼這麼早去世？她只是一個十二歲的小女兒，十分需要外公的寵愛。不開心的日子一天天過去，似乎沒有盡頭。可是只有十二歲，又怎樣可以過獨立的日子呢？媽媽每天除了上學跟同學玩耍的時候，感到稍為愉悅外，平常的日子只能看著外公的遺照，回味往日外公在世時的歡樂，她每次感到煩惱的時候，就向外婆討兩毛錢買糖果及栗子吃，很多時候都遭到外婆的拒絕，為的是外公去世後，外婆經濟也很困難。媽媽只好在家「數手指」度日，在半夜睡不著的時候就偷偷地哭泣，呼喚外公，希望外公在夢中與她相見，可是期盼卻沒有實現，她覺得外公的魂魄迷失了回家的路向。雖然如此，她仍然每日盼望，依然沒有結果。她跟同學問起是怎麼一回事，年紀相若的女孩哪裏知曉呢？況且絕大多數的孩子都是父母雙全的，哪裏懂得失去父愛的心情呢？媽媽無計可施的情況下，只好過著思念外公的日子，有許多時候她靜靜地跑到外公的墓前哭訴，回到家被外婆知道了，母女兩人相對無言，唯有淚千行。此時此刻，媽媽才感到外婆與她的情緒一樣的悲哀。可是縱然如此，也喚不回失去的父愛，當然也安慰不了外婆，母女徒呼奈何。

在媽媽十三歲那年，家裏生活更加艱難，因為外婆無錢給媽媽繳學費，逼得讓她退學。沒能上學的時候，媽媽的日子更加難過，何況是寄居在外婆的僱主家裏，那時她剛好小學畢業，雖然當時社會對學歷的要求不是很高，但她也不願像外婆一般，一直過著聽命於人的生活。如今外公突然逝世，為了維持一家人的生計，外婆只好到處去做傭工，靠著微薄的收入，每月過著捉襟見肘的生活，這是媽媽十分不甘心的事情，可是沒有生計又如何過活呢？憑著一個只有小學畢業的學位，試問她可以做些什麼呢？可是性格倔強的媽媽，不會向現實低頭，她自己也早出晚歸，不停到處求職，嘗試了好幾個月，始終沒有找到符合她意願的工作，在無法可施之下她只好屈就，幫一家庭的女兒作玩伴，不幸男主人是一個好色之徒，竟然對十三歲的女童也想染指，媽媽即時離開那家人，再次住回外婆的僱主家裏，過著寄人籬下的生活。

我說過媽媽是個性情倔強的人，可是天意弄人，媽媽一直找不到自己滿意的工作，雖然努力不懈地尋找，仍然是一無所獲，可是她沒有灰心。當她在家的時候，翻來覆去地讀著她上小學時的教科書，到了幾乎可以把全部書的內容都背誦出來，當然她再沒有興趣讀下去了，可是外婆卻沒有多餘的錢給她購買新的書本，她過著非常無聊的生活，雖然如此，她依然存有希望，終有一天她會脫離困境。最後她實在耐不住了，對外婆說：「媽媽我要離開妳，以後不和妳住在一起了。」外婆即時答應，覺得女兒跟著自己實在沒有出路，倒不如讓她出去磨煉一下，說不定會有出頭的一天。於是外婆給了媽媽僅有的一些錢，讓媽媽出去闖蕩江湖，並祝福她成功，不像她自己一樣只能替人打工幹活。

有一天年輕的我問媽媽，為什麼總是這麼堅毅地求生存呢？她回答說：「我相信皇天不負有心人。」當然這是後來她結婚生子之後，積累多年的經歷對我說的話，年幼的我當時不覺得什麼，但在我長大成人之後，卻影響了我的一生。這是後話。

早年的失敗婚姻

媽媽出外找工作，最初幾天並不是十分滿意，但是過了幾天之後，她找到一間照相鋪，走進裏面，看見一對中年夫婦在忙東忙西，努力地工作。他們見了媽媽問她的年歲多大，媽媽說她只有十四歲，老闆夫婦說：「十四歲太小了，妳可以在我們店裏做些什麼呢？」媽媽說：「我可以幫你們隨便打掃地方或者做一些零工都可以的。」老闆娘夫婦聽了她的身世，非常同情她的遭遇，就把她僱用了。

因為夫婦二人膝下無女，故此對媽媽十分喜愛，決定以後把媽媽留在他們店裏居住，而且還說以後要替媽媽找一個丈夫，因為他們覺得媽媽非常可愛乖巧。在空閒的時候，老闆時常替媽媽拍照，把相片沖出來，最後選了一張他認為最漂亮的，擺在店鋪的櫥窗裏，讓每個路過的顧客一眼就可以看見。

有一天，奇怪的事情發生了，一個來照相鋪的客人看見了，他說這相片中的人是他失散多年的女兒，店主不知道媽媽的來歷，當下請媽媽出來和那男人見面，他見到媽媽以後即時叫起來：「哎呀！妳就是我失散多年的女兒！」媽媽當然即時否認，但那男子一口咬定這就是他失蹤多年的女兒。雙方爭持不下，只好到警察局要求確定身份。警方決定用一個最直接的方法：當場檢驗雙方的基因，結果當然是查出媽媽和那個男子完全沒有一點血緣關係，於是警察盤問了那男子，為什麼冒認媽媽的父親，那男子初時仍然堅持自己的說法是真確的，在警方多方查問之下，他才沒有辦法承認了，因為家中沒有妻子，在店中看見媽媽漂亮的長相，想帶她回家娶為妻子，才出此下策。這簡直是一場鬧劇，當時媽媽心裏想：沒有了爸爸的保護，真是悲哀啊！經過這個事件之後，店主夫婦更加疼愛媽媽。她在店裏呆了兩年才離開，初時店主夫婦萬分捨不得媽媽離去，但是他們也沒有辦法，相信這是一段非常奇妙的緣分，才把他們湊合在一起，這個緣分也影響了媽媽的前半生。這兩年日子過得非常開心，也可算得是媽媽最快樂的日子。

在媽媽還沒有離開照相舖之前，有一天再次有一男人經過，看見那張美麗的相片，要求見到相片中的本人，老闆這次更加小心，把那男子上下打量一番，見他長相英俊瀟灑，而且態度溫文有禮，店主對他印象十分好，想這男子可能配得上媽媽，於是要媽媽下樓見這客人，兩人就此認識了，從此時常結伴出遊，進出百貨公司，也到郊外風景勝地遊玩，像廣州的越秀山、白雲山、荔枝灣，都留下了他們的足跡。那男子不時來約會媽媽，初時對她千依百順，媽媽漸漸對這個男人產生了好感。媽媽離開照相舖之後，仍然和那男人交往，差不多兩年之後，那男子竟然向我媽媽求婚。

那年媽媽只有十六歲，她畢竟是個少女，對任何事都感到好奇，在百貨公司裏，對於各種各樣的貨品都要摸一下，特別是衣服的顏色及式樣，都向店員問個不停，那男子完全沒有不耐煩的樣子，而且對她也很細心，她開始對他產生更多的好感。在往後的日子，每逢那男子約她出來遊玩，十次之中有八次她都樂意接受，每次約會都沒有令她失望，而且讓她也增廣了不少見識，滿足了她的好奇心。那男子為了討她歡心，每次約會都要送給她一點禮物，其中有衣服和化妝品，但媽媽最喜歡書，因為跟外婆生活的時候，家中窮困，沒有錢買新書讀，所以要求他贈送書本給她，男子當然一口答應，表示出自己也是一個有見識的人，媽媽當然感到十分高興，在家裏得不到的東西，現在可以得到補償了。回到照相舖的家，她總是開心地捧著新買來的讀物不停地閱讀，有的時候竟然忘記了要睡覺的時間，在老闆娘一再催促之下，才勉強關燈睡覺夢周公。這樣的情況不只發生一次，對於老闆娘的關心，媽媽十分感激，每天更加勤奮地工作，而老闆夫婦倆對她更加疼愛，令媽媽感動不已，慶幸自己在失去外公的照顧下，彷彿尋到家庭的溫暖。

到了十七歲那年，經不起那男子的熱烈追求，她終於嫁給他了。加入他的大家庭後，才發現做人新婦甚為艱難。原來那男子家中人多勢眾，有家公家婆在堂，此外還有四個姑奶、四個叔伯，那男子是排行第九的。家中做的是陶瓷生意，生活頗為富裕，那男人根本沒有出外做事，每天早出晚歸，過著優哉游哉的生活，把家看成了旅館，夜了才回家睡覺，甚至有時根本整夜不回家的，媽媽每天獨守空房，卻沒有暗自垂淚到天明，依舊讀著她的書，有的時候會在店鋪門前看管生意。奇怪的是那八個姑奶叔伯也沒有出來工作，就靠店裏的收入來維持生活，對於媽媽則採取不聞不問的態度，簡直當她不存在的樣子。家公家婆更不用說了，每天在家裏唸經拜佛，恍如兩個出家人，不問世事。

有一天當媽媽坐在舖面的時候，看見她丈夫在門外手牽著一個長相冶艷的女人，從舖門前走過，媽媽沒有上前質問，好像是看不見的樣子，其實那時她已經身上懷了哥哥。她不只一次看見丈夫這樣做，而且是無數次的反覆出現，但媽媽仍然採取同樣態度，不動怒，不追問，依然做她該做的事，按月給一些零用錢外婆。待了三年，到了我出生的那一年，媽媽毅然提出和那所謂的丈夫分手了結，而且一定要把我和哥哥帶在身邊，她認為這是她的責任，雖然她明知人海茫茫，她如何解決以後的生計問題？她想到「天無絕人之路」的名言，只得見步行步，心無掛礙地走出家門，謀她的出路去了。

媽媽暫時住到一位朋友的家中，居住問題解決了，但是如何解決生計問題，仍然是刻不容緩的。經這個朋友介紹之下，她斗膽到一間舞廳伴舞，但依著自己的操守，言明賣藝不賣身的原則，每日下班後，拖著疲乏的身軀，返回到住處，還不忘拿出書本讀。媽媽只讀了六年小學，覺得需要繼續充實自己，希望以後可以脫離苦海。可是偏偏天意作弄人，媽媽在舞廳遇到另外一個醜男子，不久就跟他共賦同居了。媽媽一向愛英俊男人，此次竟然被這個醜男子打動了她的芳心，死心塌地和他過日子。那男人不願意工作，卻偏偏整天呆在家裏，吃其「拖鞋飯」，沒有一點羞恥之心，每天過著飯來張口的生活，媽媽卻沒有一點怨言，每天下班回家，乖乖地服侍他。我不知道他憑什麼得到媽媽如此的厚待，其後竟然還替他生了兩個兒子，那兩個兒子長相不同，一個長得很好看，另一個長得像他爸爸一樣醜。媽媽和他同居了兩年多就跟他分手了，那壞男人帶了長相英俊的兒子走了，留下不好看的兒子給媽媽。外婆說：「妳阿媽一向鍾意靚仔，佢願意同呢個醜男人同居兩年多，可能係前世欠咗佢孽債，今生還返俾佢。」

媽媽為了謀生，只好把這個孩子交給外婆看管了。外婆除了哥哥和我之外，加上這個與我同母異父的弟弟一起生活，更令她百上加斤，每天忙個不停，但外婆沒有一點怨言，對弟弟與對我和哥哥一樣好，用心照顧。為了減輕外婆的負擔，我每天孭住細佬到街上走，也感到很開心，能夠為外婆做一點事情，讓她不會這麼辛苦。外婆常常說：「阿妹，妳真係好似三斤孭兩斤，真係好難為妳，但係我又冇辦法一個人照顧三個細路仔。」我們婆孫四人從此相依為命地過日子，媽媽在外邊找零工賺錢，勉強貼補家用。我對於這個名叫細雄的細佬有種特別的感情，也許是他一歲大的時候我就背著他上街，更因為媽媽在我們初到香港後就把他送給表姨媽代為照顧，從此離開了我們，雖然表姨媽把他當作親生兒子看待，他在表姨媽家過得也很不錯，但是我總覺得丟失了一個親弟弟。在香港時我和外婆、哥哥三人每月都會探望弟弟兩三次，每次見到弟弟，我心裏都感到十分愧疚，替他難過，都求婆婆給他帶些好吃的糖果及栗子之類的食物。弟弟吃得很開心，然而他還是會問：媽媽為什麼把他遺棄了？我問媽媽，她總說是迫不得已才這樣做的，當時沒有選擇。但是至今我仍然不解，兒子是她生出來的，怎能說一句「環境逼人」就解決了呢？也許這個孩子使得媽媽想起他的爸爸——那個沒有良心的醜男人。

媽媽，雖然妳可能恨他的爸爸，但孩子是無辜的；說不定妳心裏頭也恨我的生父，卻沒有不要我和哥哥呀！怎能厚此薄彼呢？妳把細佬送給姨媽的時候，外婆沒有反對，外婆是受了傳統文化重男輕女觀念的影響，時常打我，卻從來不打哥哥，當時為什麼妳們沒有把我送走而留下弟弟呢？媽媽，為什麼妳對弟弟如此無情？每一個孩子都需要父母親的愛，不僅是我，弟弟得到的母愛太少了，甚至從生下來就沒有見過妳幾次！妳設身處地為他想一下，他是如何的需要妳啊！我現在為弟弟呼冤，希望妳在天上聽得見，沒有聽而不聞。

遷居香港

以上描述的媽媽的身世，只不過是一個引子，重要的情節還在後頭——五十年代末我們全家遷居到香港之後。

媽媽當年決定到香港發展，也可以說是為環境所迫，當然還有其他原因。外公過世後，母親先隻身到香港找工作，把錢寄回廣州，以接濟我們婆孫一家的生活，她也時常回來看我們。記得有一次媽媽回來，適逢冬至，氣候寒冷，全家正在吃飯的時候，外婆忽然氣喘如牛，差點無法呼吸，於是媽媽立即把外婆送往醫院求診。其實這病是外婆從小便染上的，和天氣無關，主診醫生開了藥方，吩咐回家準時服藥便可以了。媽媽沒有料到這次突發事件增加了一筆額外的開銷，帶回家的錢不夠，只好把隨身不太值錢的首飾賣了，勉強應付了醫藥費，過了幾天又回香港去了。離別依依，我牽著媽媽的手不肯放下，但媽媽似乎若無其事地走了，也沒有流一滴眼淚，我當時卻是哭個不停，心想外婆以後再生病，我們年紀卻是如此幼小，以後的日子怎麼辦呢？誰給我們煮飯呢？我那時大概只有四歲，除了肚子餓的感覺不好受之外，其他的根本沒有想到。

媽媽回到香港後，感到自己的打工收入仍然是入不敷出，為了解決，她必須想法子增加收入，以便不時之需。那時的香港，人浮於事，很難找到理想的工作，於是不得不重操舊業，到舞廳伴舞。她又想了一個很特別的方法來增加收入，當時的新界有許多荒田，沒有人耕種，於是媽媽向一家農戶租借了一塊土地，自己動手來耕種蔬菜，她記得以前在廣州也曾經做過，現在做起來駕輕就熟。她伴舞的時間只在午間和晚上，早晨和上午的半天時間是空閒的，於是她每天起個大早，效法農婦的裝扮，一套黑色的短衫短褲，頭頂著圓形大草帽，腳穿塑膠的水鞋，就下田工作去了。每天如是，把原來雪白的皮膚曬得黑黑的，朋友見了她，差一點認不出來，以後給她一個花名，叫做黑珍珠。

香港夏天時常有颱風侵襲，幸好那年天公作美，很少刮大風，沒把農地的菜蔬淹死，她把菜蔬賣給菜農，得到一筆額外的收入，解決了燃眉之急。意外的收穫把她原來不太好的身體鍛煉得好多了，她把錢寄回給外婆，我們的生活也有所改善，真的是兩全其美，可是外婆沒有因為媽媽多匯了款而隨意揮霍，很多時哮喘病發作了，仍然不肯去看醫生。媽媽知道後非常生氣，她要我們勸外婆治病。她當然知道外婆性格和她一樣倔強而堅毅，可是鞭長莫及，一點辦法也沒有。

媽媽每月還給我們寄來魚肝油，聽說魚肝油有助肺部的免疫力，要我們千萬記著每天服食。其實這種魚肝油對外婆最有用，可是因為外婆疼愛我們，自己卻很少服用，她的藉口是不相信這些洋鬼子的藥物，她只相信中藥。年幼的我們一向很聽外婆的話，於是每天吃著魚肝油，雖然吃起來味道腥腥的，只好猛吞下肚子裏。外婆的哮喘病仍然一直沒有好轉，而且日益嚴重。媽媽知道外婆生病的消息，只有心急如焚，遠水不能救近火，她覺得菩薩管的事情太多了，沒空管外婆的哮喘病，何況俗語有云：天助自助者，我們只好自求多福了。多年以來我們學懂了逆境求生的道理，對於我們三代女人有了新的啟示，正如外婆所說：「天下無難事，只怕有心人」，無論碰到任何困難，我們都可以解決。

有一天她走在路上一不小心跌倒，當時心情壞透了，也顧不了自己的痛楚，一步一艱難地走回家。第二天早上差點起不了床，她一拐一拐地坐公車去找醫生診治，醫生告訴媽媽，她的腰椎斷了一節，故此才會令她舉步維艱，必須在家休息至少半個月才大致可以復原，媽媽當時唯唯諾諾地的答應了。

她終於想了一個解決的法子：在自己的背部放一塊長長的輕木板，用布從腹部到背部綁起來，讓它緊貼身體，固定了腰椎，有了這塊木板的支撐，她走起路來舒服多了。只是她有些比較細心的客人發現了，媽媽原來只有二十三吋的腰身，突然寬了一點，彷彿長胖了，問她是否饞嘴，吃的東西太多，媽媽一口承認，在說的時候，心中暗喜，知道自己的方法有效了。她沒有再去見醫生，靠著自己的聰明和堅忍的能力，把斷了的腰骨治癒了，沒有花費一分一毫，身體就恢復原來的靈活。

在她慶幸之時，又發生了一件頭痛的事，她原來工作的舞廳，因為生意不佳，宣佈關門了。她想，此地不留人自有留人處，一向敬業樂業的媽媽，以為很快可以找到工作，可是事與願違，連續好幾個月也沒有找到理想的工作，但是她仍然不肯放棄，到處求職，數月下來幾乎連一雙鞋子都踏破了，依舊沒有結果，她開始有點心急了。

媽媽雖然知道，由來好事偏多磨，但是一而再、再而三地發生在自己身上，少不免有點氣餒。當她再三失望之時，總是向外公在天之靈祈禱，求外公給她力量，幫助她渡過難關。有些人說人死如燈滅，但媽媽是信佛的人，她相信外公這麼善良正直的一個人，一定是到西天極樂世界，當他的菩薩去了，她一直是這樣相信的。可是她還是找不到工作，在這段幾乎絕望的日子中，只好自我安慰地說：「外公一定忙於幫助其他人，沒有時間來幫助自己的女兒了，他一向這麼疼愛我，他不聽我的祈禱，一定是要藉此來訓練我，希望我將來成為一個有用的人。」當時年幼的我聽了媽媽這番說話，似懂非懂地點頭稱是，我那時雖然是個小女孩，但是在我的腦袋中，卻有另外一種想法，到了我長大成人之後，我的性格一定好似媽媽一樣堅強，證明「有其母必有其女」的說法一點不錯。

舞廳裏發生的《仙履奇緣》故事

媽媽雖然轉換了許多各種各樣的工作，都不理想，住處也換了好幾個地方，都不盡滿意，最終她在彌敦道橫街的永星里找到一個頗為不錯的地方，雖然是一間只有一百平方呎的小房間，卻有兩邊窗，一邊朝東，早上陽光很充足，不會讓她睡懶覺，另外有一扇窗面對著廣華醫院，她時常見到很多人出出入入，大概都是看病的人、護士和醫生等。令她喜歡的是房東太太提供家具，媽媽完全不用費心添置任何東西，除了買一些廚房用品即可以入住了。她很少在家燒飯，大多數時候都隨便在彌敦道上找食肆，吃些簡單的食物，就解決一日三餐。那段日子媽媽暫時沒有找到工作，賦閒在家，她心情有些急躁，每天在彌敦道漫無目的地走著，當然她間中也會回來看我們，大概一星期一次。有一天她走在佐敦道附近，那兒有一間快樂戲院，正在上演一部她喜歡的明星主演的影片，便入場看了一場兩點半。那時正值隆冬季節，她看完電影從戲院出來，已是華燈初上的時候了，她偶然舉目看見一個大大的招牌，上有「東方舞廳」四個大字，這招牌的顏色特別耀眼。當下我媽媽被這招牌吸引了，她想自己現在反正沒有工作，何不進去碰碰運氣？於是她走進大門口，剛好有一位男人站著，他問媽媽找誰？她照實說自己想找工作，那男子說：「我找我們的經理出來跟妳談話。」大概五分鐘之後，一位穿著整齊西裝的男子出來了，看他的樣貌十分英俊大方，態度也很和善而有禮貌，他對媽媽從頭看到腳，媽媽當時有些不好意思，心想這麼有禮貌的人怎麼如此看人的？但回心一諗，這也難怪，請伴舞小姐當然要長得漂亮的，自問自己長得也不錯，心就慢慢地安定下來。那男子開始問很多問題：媽媽姓甚名誰？今年年齡若干？有沒有結婚？原籍哪裏？是否願意陪客人外出？媽媽自報姓王，對其他問題也一一照實回話。最後她問媽媽當過舞小姐嗎？媽媽回答後，他說：「那麼妳應該知道如何伴舞了，不然的話，我們有一個專門訓練舞小姐如何伴舞的課程。」媽媽聽罷連忙說她願意再接受培訓，務求做到盡善盡美。那經理聞言非常高興，覺得媽媽態度很專業。他跟媽媽說兩天後和她聯絡。

媽媽走之前，他還帶她到舞廳裏面參觀，媽媽到了裏面，發現舞池很大，桌子很多，客人有男有女，男士穿著筆挺的西裝，女士穿著十分講究的衣裙。媽媽問經理，那些女士是伴舞小姐嗎？他說不一定，其中有些是男士的家眷，陪著丈夫來作樂的。媽媽暗想：這所舞廳的人客質素應該是好的，連太太都願意隨行，客人也不會壞到哪裏去。當時她遊目四顧，只見舞池的屋頂懸掛著五光十色的燈，而且燈光可以調校，可暗可亮，舞池旁邊放滿好幾張桌子，桌子旁邊圍坐了不少的客人，他們穿的衣服都很有體面，大都是深色的西服。客人們在喁喁細語，媽媽聽不見他們在說些什麼。每張桌子上都放了一朵鮮花，而且每種花不同，花朵的香味雜陳，配上女士們身上的香水氣味，混合成一種很特殊的香氣，令人有種昏昏然的感覺，不想離開。舞池的四邊牆上掛著各種模樣別致的燈，有菱形、方形、圓形、三角形和四角形的，顏色多彩，有明有暗，令人目不暇給。媽媽再回頭看舞池頂上的燈，更加令她驚訝，燈泡足有一百個上下，由細小的燈泡組成，小的如一顆一顆大鑽石，連成一個心形的大燈罩，舞客在下面跳舞，頭上像是頂著閃閃發光的鑽石。他們在美妙的燈光下飄然起舞，看來似乎感到神仙般的快樂。媽媽也被他們的歡樂氣氛感染了，恨不得馬上加入他們當中，一起翩翩起舞。就在那一刻她希望兩天的時間快快過去，經理答覆會僱用她。

正在這個時刻，她突然聽到悠揚的音樂聲，舞台上樂隊奏出三步或四步的舞曲，大都是慢慢的，輕輕的，讓客人可以雙雙對對隨著節拍徐徐跳著，男士一隻手輕握著女士的手，女士一手搭在男士的肩膊上，更有些男士輕輕摟著舞伴的腰，彼此保持一定的距離，但卻有一兩對臉兒貼著臉兒，顯得很親熱，媽媽猜他們大概是情侶，又或者是新婚夫婦。

經理把媽媽送走後，媽媽知道自己一定會被取錄的，原因是那天從家中出門時略施了一些脂粉，也塗了唇膏，穿了一襲裁剪合度的深紫色旗袍，令她的身段顯得特別窈窕，那時她的腰圍只有二十三吋，配上一件羽白色的長毛衣，和一雙三吋高的高跟鞋。那天為什麼會這麼打扮，連她自己也不知道，平日逛街衣著都比較隨意，那天忽然心血來潮，刻意打扮一番才出門，真是十分奇怪的事情，無意中竟然到舞廳見工，莫非是天意早注定的？

過了兩天經理果然來了電話，決定聘用媽媽，媽媽當然高興了，因為以前的工作都是零零散散而不長久，她希望這份工作可以持續下去。媽媽的上班時間是從下午二時左右開始茶舞，直到晚上打烊為止，故此回家後都感到十分疲倦，當然上班的初時，找她坐枱的客人不很多，舞女來去自由，如果沒有客人，有時她不到打烊就自動下班。但是過了大概半年後，認識她的客人逐漸多起來了，她沒有辦法，只好在舞廳裏多留一點時間。

媽媽的客人種類很多，有銀行大班、醫生、戲院老闆、貿易行經理，連大學生都有，偶然還有下了班的警官，這些人對媽媽都很規矩的，絕對沒有越軌行為。那時的媽媽覺得這一行業真是令她身心愉悅，既可以賺到錢又能從跳舞中得到樂趣。如此日子過了一年，她的煩惱開始來了，客人中有一位男士對她特別好，幾乎每天晚上都來捧她的場，而且還不時帶來禮物送給她，媽媽推卻，他又不高興，只好收下來。有一次媽媽忍不住問他有沒有妻子，他說自己還沒有結婚，媽媽聞言之後覺得很奇怪，看這男子少說也有五十多歲，為什麼還未結婚呢？媽媽心想他可能是欺騙自己，但又沒有證據，怎可以隨便猜測別人呢？就這樣一直應酬他下去，有一天他竟然提出要跟媽媽結婚，媽媽當然斷然拒絕他，可是他依然窮追不捨，她對這男人也沒有絲毫的感情，更重要的是這男人長相一般，對媽媽完全沒有吸引力，況且年齡相差也很大，她無法接受他。事後他仍然死纏爛打地不放手，最後媽媽只好向經理請假，請經理告訴他王小姐已經辭職了，那男人真以為媽媽已經離職，從此再也不來舞廳找她了，媽媽才舒了一口氣。

媽媽在東方舞廳工作了近一年，絕大多數日子都是很快樂的，她以為自己會一直在那兒工作，到有朝一日再不能跳舞才離開。但是世事並非會如人意的，幸好這次的不如人意是件好事。

媽媽，其實當年妳去舞廳伴舞，在妳那個年代會否受到別人的鄙視呢？如果有的話，妳的感覺又是如何呢？我知道妳是個守身如玉的人，絕對不會賣身給舞客的，可是世人的眼光又是如此的勢利，妳受得了嗎？我有一個朋友的媽媽也是個舞女，她就受到別人的欺負了，她以有這樣的一個媽媽為羞恥，非不得已不敢對別人說她媽媽的職業是什麼，這令她媽媽很傷心。

媽媽，我現在想起來，妳真是個了不起的女人，妳為了養活我們祖孫幾人，妳受的教育又不多，不做舞女還可以做些什麼呢？外婆說妳是迫於無奈才幹這行業的。

其實我現在才來問妳，已經太遲了，妳已經到了天堂，再也不能回答我的問題了，我之要問妳，是我十分佩服妳的勇氣，我想如果當時妳有選擇，妳絕對不會選這行業的。雖然說職業無分貴賤，但一般的人，都不是這樣看的。我絕對支持媽媽妳的，有妳這樣一個媽媽我真是太幸運了。

媽媽的再婚

有一個月明星稀的晚上，媽媽剛和一位醫生跳過舞，忽然有人來請媽媽過枱，媽媽匆匆走到另一張桌子坐下，舞客是位年輕的男子，看來不超過二十五歲，容貌英俊，皮膚白皙，笑起來露出一排皓齒，而且風度翩翩，很有禮貌地向媽媽行了一個鞠躬禮，媽媽看見如此俊俏的男士，在她芸芸的客人中實屬少見。二人坐定後，他很有禮貌地問：「敝姓李，請教小姐貴姓？希望妳不介意我還是一個學生。」他雖然說自己是個學生，但衣著卻有一點不像學生，他穿了一套深藍色的西裝，配上一件白色的襯衣，打了一條深紅色的領帶，腳踏藍色的皮鞋，特別顯得醒目，媽媽第一眼看見已經對他印象不錯，當然啦！她一向喜歡靚仔，這男士正合她的心意。那一天晚上，他們談了個多小時，年輕人不時對她眉目傳情，媽媽和他談得非常投契，分手時大家有點相逢恨晚之嘆。

遇到這位學生之後不久，媽媽認識了一位貿易公司的老闆，他大概三十多歲，已經開了好幾間公司，而且態度和藹可親，沒有大老闆的架子，相貌也是器宇不凡，對媽媽非常體貼。他大概每星期有兩至三回來捧媽媽的場，他們每次見面都談笑甚歡，日久之後，媽媽視他如哥哥一般的親切。有時候會碰上媽媽之前認識的那個李先生，他總會和那個學生打個招呼，然後和媽媽坐下來聊天，那學生只好在旁邊等待，兩位男士保持君子之交，久而久之，彼此也熟落了，但仍然淡然地相處，保持一段距離，但在旁人看來這三個人早已形成三角關係，像是一部浪漫影片中的三個主角。媽媽當然不會不知道他們的心事，她那時候想到的只是自己家裏有好幾口人等待著她養活，對於以後的感情如何發展，她暫時不予理會。

他們三人相交了半年之後，那兩個男子心裏禁不住急起來了，先後向媽媽談結婚的事，有一天媽媽面臨了抉擇的時刻，她當然曉得會有這樣的結果，當時她不知如何取捨，感到十分為難，心想：一個年輕有為，另一個英俊瀟灑，都與自己非常投緣。媽媽又一次陷入煩惱之中，有幾個晚上睡不著覺，他們兩人的面貌在她眼前來回晃動，揮之不去，叫她難以決定。最後媽媽想了一個辦法，她又重施故技向經理請了兩個星期的假，看誰來她家裏找她的次數較多就選誰當丈夫。

到了第二天的黃昏，那學生竟然來了，還邀請媽媽到餐廳吃晚飯，帶她到了尖沙咀一間大酒店裏面的大餐廳用膳，進餐時有西洋樂隊伴奏，也有歌星在那裏大展歌喉。那一頓飯大概吃了兩個小時，在回家的路上他還買了一束美麗的鮮花送給媽媽，媽媽十分感動，把鮮花緊緊地握在手中，似乎怕鮮花會飄走。過了兩天那學生又來了，這次卻是手持一朵紅色的玫瑰花，那天早上十點鐘，媽媽剛起床不久，看見那朵紅玫瑰早已樂得心花怒放，她親自下廚給他做早餐，食物雖然簡單，只有一隻煎雞蛋及烤番茄一個，但是他們吃來津津有味。過了幾個鐘頭，他說要上課就走了，媽媽把那朵花珍而重之地插在一個小瓶子裏，整天都感到甜絲絲的。到了那天下午過後，那位貿易公司的老闆也飄然而至，媽媽頗感意外，因為好幾天沒有見到他了，他那天看來是刻意打扮了一番，穿了一套白色的西服，白襯衣，白皮鞋，整個人顯得潔白一片，只是頭髮是烏黑的。媽媽從來沒有看過他如此穿著，看來好似一位白馬王子從天而降。媽媽在驚喜之餘，心情卻又是矛盾的，那學生給她的感覺是純情而浪漫的，但眼前這位男子何嘗不也是有情有義呢？那天媽媽和他談了很多話，最後難免談到家庭問題，他告訴媽媽：他出生於一個很大的家庭，除了父母之外還有三個哥哥及四個姊妹，他是家中的老么，從小到大都受到家人的寵愛。這樣的家庭背景，令媽媽想到他的前夫，他不也是從大家庭出來的嗎？也是家中年紀最小的。經過那一段失敗的婚姻，媽媽心中仍有餘悸。

過了兩天，那學生又來找她了，那一天是在晚上六時，他們一起在媽媽家吃晚飯，他亦談了很多話題，說到自己的家庭、學業和理想。他告訴媽媽，他出生在一個大戶人家，有兩個姐姐，他是家中的獨生子。父親和母親都是廣東番禺人，他們一家卻在上海生活，而自己也是在上海出生，解放後才從上海遷居到香港。而且他更詳細介紹了他父親的出身：他祖母是民國的女傑，當時正值孫中山革命年代，他的祖母帶著他父親和叔父反抗在清朝當官的祖父。後來辛亥革命成功，父親得了「勤工儉學」計劃的資助到法國留學兩年，回國後在上海做生意，也做電影事業，連自己的大女兒也當上明星。父親在上海發跡，成了名人，連當時的杜月笙、張大千都是他的好朋友。他們住在上海的霞飛路，據說當時整條霞飛路的房子有三分之一是屬於他們李家的。他又說母親的兄弟姊妹眾多，共有十個，她媽媽排行最長，其他的兄弟姊妹各自的生活都是全靠這位大家姐照顧的。當時他的父親在香港經營了香港首間磚廠，生意做得很大，算得上是富甲一方了，「往來無白丁」。他自己在啟德機場的航空學校學習修理飛機，唸的是飛機工程學位。

媽媽聽了他的故事後，有些擔心，這麼大戶而有威望的家庭大概不會接受她當媳婦的。在早前她已告訴他，家中有一雙兒女及寡母需要照顧生活，但他似乎並不介意，還繼續跟媽媽來往。

他們幾乎每天見面，感情突飛猛進，他每天接媽媽下班，然後去吃晚飯。過了半年之後的一天，他向媽媽求婚，媽媽沒有即時答應，但他要求媽媽離開東方舞廳，他說這舞廳太大了，而且到那兒的客人都有體面，和他競爭的人太多，怕媽媽被別人追走了。媽媽同意了，轉到靠近九龍城太子道的一間小舞廳去伴舞，在那兒媽媽呆了三個月，他又再次向媽媽求婚，媽媽說：「你知道我係個離婚婦人，而且有兩個仔女，你屋企係名門望族，你唔怕家人反對咩？」他回答說：「我實在好愛妳，並唔介意妳嘅出身，我可以話俾父母聽，妳從未結過婚，妳嘅仔女係妳嘅外甥就得啦，至於妳媽媽，我一定會對佢好好嘅！」媽媽被他這番話打動了，於是當下答應他的求婚。

過了幾天他帶媽媽去拜訪自己的父母親，他的母親見了媽媽非常歡喜她，之後跟自己的兒子說：「你的女朋友很斯文大方又有風度，尤其一雙眼睛長得很漂亮，你們打算何時結婚呢？」他聽見母親如此稱讚自己的女朋友，當然十分高興。

半個月之後，媽媽和他結婚了，在港島最大的六國飯店舉行婚禮，筵開近百席，邀請來的客人多達千人，官商齊集，香港大部分的名流都來恭賀，每人穿著華麗，衣香鬢影，所駕的豪華轎車，擠滿了飯店的停車場。媽媽穿了一套鑲金線的裙褂，頭戴著鮮花，化了淡妝，丈夫穿了套「踢死兔」（tuxedo），看來真是郎才女貌，令人羨慕，賓客都讚新娘子貌美如花。婚禮賓客到了午夜才散去。

那天外婆和哥哥都去了，婆婆穿上了新訂做的衣服，她自我感覺非常良好，更難得的是她首次到港島，在此之前，住在九龍城十多年，到過最遠的地方就是尖沙咀，坐一號車去的。她到了港島，像劉姥姥進了大觀園，令她目不暇給，東張西望，原來香港面積是如此大。那天她最高興的是媽媽終於有了個好歸宿。外婆和哥哥都去參加婚宴，留我一個人在家，我當時十分不理解，是不是我生來醜陋，媽媽不願意讓我去呢？還是因為我長得太像媽媽了，一看就是她的女兒？當時我並不了解，現在自己年紀也老了，可以體會媽媽的難處。那天我在鄰居家吃的晚飯，根本食不下咽，而且是含著眼淚吃的，那天晚上鄰居特別給我煮了我平日愛吃的菜，而且一直給我夾菜。到了午夜，外婆和哥哥回來了，報告給我婚宴的情況，還帶了一些剩菜給我吃，我反而吃得津津有味！

婚後過了幾個月，媽媽跟隨後父往英國留學，去找尋自己的幸福，在倫敦建立自己的小家庭，過著小兩口子的甜蜜生活，把我們婆孫三人留在香港，每年只不過回港短期省親一次。

媽媽從一個舞女一躍而成為一個名門少奶奶，簡直是現代版的「仙履奇緣」童話故事。

外婆喜歡這個新女婿

外婆在媽媽未結婚之前，早已經見了這位未來女婿，因為他時常陪媽媽返我們家。媽媽告訴外婆，他和媽媽是一見鍾情，對她十分好，還說她的未來家姑很喜歡她，以後會送我們一些補貼的家用。外婆看這位男人樣貌端正，心想他一定不會像媽媽第一個丈夫這麼壞吧？他每次來我們家，一定駕著一輛賓士車過來，接我們到外邊吃頓晚飯，吃的是鮑參翅等名貴菜式，及各種蔬菜。如果那天只帶我和哥哥出去看電影，就開一輛賓士跑車來接，若外婆也去的話，他會開一輛寬大的轎車，帶著外婆一起吃晚飯。他還帶我到衣服店買了兩條裙子送我：一條藍白相間的連身裙子，另外一條紅色的裙子，還有

後父與媽媽

一個大洋娃娃，高度幾乎有我那時一樣高，我一直玩著這洋娃娃，直到我十多歲才把它丟掉。

那時我們住在九龍城一間舊唐樓的三樓，當然沒有電梯了，連樓梯間也沒有電燈，走起路來十分吃力，尤其是外婆，她的腰力不夠，而且有哮喘病，每一次走到樓上屋子裏，都氣喘如牛，「曉曉」之聲不絕。外婆有好幾次生病，他知道了即刻來我們家，把生病的外婆背在身上，到附近中醫店看病，之後又背著她回家，一步步爬上高而陰暗的樓梯，還親自給外婆熬藥，媽媽當然全程陪伴照料。他熬藥的神情非常專注，他知道外婆有腰痛，生病時呻吟聲不斷，主動幫外婆捶骨，還問外婆他捶骨的力度是否合適，哪裏比較痛，非常殷勤。這時候的外婆覺得從未有如此稱心滿意過，她一開心，病也好了不少。外婆覺得自從外公過世之後，第一個對她這樣好的男人就是這個未來女婿，當然十分感動了。

為了討好外婆，他每次都帶來許多禮物，裏面有外婆喜歡吃的甜品如巧克力，那時候巧克力是十分名貴的禮物，普通人家是吃不起的；還有乾的鮑魚，這更是有錢人才可以買得起的食物；更有魚翅，是一種很難煮的食物。他也給我們買了士多啤梨味道的冰淇淋。鮑魚是外婆吃不動的，因為外婆牙齒不好，至於巧克力她更不敢吃，怕吃多了牙齒會變得更壞，如此一來都被我和哥哥吃光了。

每次他來，把汽車停在我們家門口，鄰居看見都羨慕外婆的福氣。那時候香港很少人擁有汽車，更何況是賓士跑車，看來氣派十足，況且駕車的人器宇不凡，年輕英俊，而且十分有禮貌，每次來都跟鄰里打招呼，連那些清道夫和工人都可以聊上半天。鄰居說：「婆婆！妳以後都唔使憂柴憂米啦！這位李先生又靚仔，又冇架子，有咁好嘅未來女婿，真係替妳安樂囉！」

當然外婆也滿心歡喜，笑不攏嘴，招呼未來女婿坐下。他又會向外婆問長問短，一副十分關心的模樣，外婆告訴他，近日身體好多了，自從上次看了中醫之後，這幾天都沒有再生病了，還多謝他上次不辭勞苦背她去看醫生。

外婆真希望媽媽早日跟李先生「拉埋天窗」，從此就不用再替媽媽擔心生計了。有一天他又來我們家，他特別帶外婆去了一間綢緞店，問外婆歡喜哪種款式的衣裳，外婆左選右擇，最後決定了一種冬天可以穿的質料，顏色是深色帶有花紋的。李先生說：「妳既然喜歡這種綢緞，不如用它多做兩套衣服，可以互相交替著來穿，不是很好嗎？」外婆當然心花怒放，她已經多年沒有買新衣服了，如今一次就訂做了兩套，而且合自己的心意。這兩套衣服，外婆平日是捨不得穿的，覺得太名貴了，逢到朋友有什麼喜宴請酒，她才會拿出來穿上身。

媽媽在英國的生活

媽媽和後父結婚後不久，就到了倫敦，後父到那兒的航空學校上課，媽媽沒有事情，所以夫婦商量，結果就在倫敦郊區開了一間中國餐廳，名叫魚翅樓，是和國語片明星林翠合作。餐廳面積頗大，裝潢也十分華麗，光顧的客人都是一些中上階層的人士，媽媽每天忙東忙西，周旋於客人之間。到了週末不用上課的時間，後父才可以到店裏幫忙，有了後父的相助，她才較為輕鬆，當然店裏也有不少的僱員在工作，但總是不及自己親力親為佳。

據媽媽說他們的合夥人林翠不是時常在倫敦的，她只是出資金，全盤生意幾乎由媽媽和後父打理。其實媽媽對於做生意並不是很喜歡，只是後父的提議才著手參與。那時後父的家裏很有錢，時常給他們匯款，後父有了錢就想找些生意做，希望錢會越滾越多。後父本來就是一個富家子，哪裏懂得如何賺錢，他在香港從來沒有工作的經驗，而且為人很闊綽，到了他自己開了舖頭，出外買店舖食材時，生意未談成已經不時請賣家吃飯應酬，這種做生意的手法，令公司浪費了不少錢，結果沒到一年，因為餐廳虧本而宣佈結束營業了。

不做生意的日子，媽媽回復自由，她閒來無事就逛百貨公司，遊公園，也報名參加英語訓練班，希望把英文學好，可以多讀點英語書本。她初到英國時，後父也曾要她去儀態培訓班，學一些基本的英國上流社會的禮儀，因為後父時常帶她出席一些高級宴會，她不能只懂得跳舞而忽略了儀態和舉止。媽媽是個聰明的女人，上了一年多英語及儀態班之後，已經可以應付大大小小的各種宴會，和許多與會的太太和先生們侃侃而談，大家都很喜歡她。本來已經斯文大方的她，更顯得儀態萬千、風姿綽約了，受歡迎是必然的事，沒有什麼稀奇。一個窮家出身的灰姑娘搖身一變，成了一個窈窕淑女了！

後父畢業了，他在利物浦找到一份差事，於是他們遷離倫敦，到了後父工作的地方報到。他的工作地點非常不固定，哪兒的飛機需要修理，他就會到哪兒去了。初時還好，後來後父外出公幹的機會越來越多了，再後來，幾乎整個歐洲都走遍了。有一次後父到了意大利修理飛機，遇上了一位在意大利飛機上的空中小姐，後父被她的美色迷住了，空姐也戀上了後父的英偉，他倆一拍即合。所謂紙包不住火的，在後父出差回家後，被媽媽發現他的衣袋裏有一張買鮮花的收據，於是質問他花是送給誰的？起先他不肯說，幾經盤問之下，才說是送給一位女人的。媽媽知道後非常生氣，說要和他離婚，經後父多番懇求認錯之後才打消主意，但從此媽媽對丈夫有了戒心，處處留心他的行為，並且打了一通長途電話給後父的母親，他的母親很為媽媽不值，在電話裏責罵了兒子一頓，聲明以後再犯就實行經濟封鎖，後父沒有辦法，以後只好循規蹈矩，往後的一段長日子裏，都不敢行差踏錯。在這場風波裏，媽媽算是打贏了一仗。

過了一年，後父辭去航空公司的工程師職位，專心做其生意了。家中又給他匯來一大筆錢，他買了一輛賓士跑車，由此花了不少，這輛車是他的命根子，他除了工作的時間外，就是駕車到處招搖過市。他那時開的是一間外賣店，專做英國人生意，常把媽媽一個人留在店裏主持業務，他就可以有很多的時間在外面走動，就這樣到處駕車，在街上橫衝直撞。有一天出了一個車禍，他的車子被從側面來的汽車撞到了，他的膊頭及背部都受了重創，胸前兩條肋骨都裂掉了，那時救傷車立刻趕到，是途人報的警，於是送到醫院接受檢查及治療。媽媽聞訊後嚇壞了，立即放下手頭的工作，跑到醫院探視，幸好醫生說他的傷勢不算很嚴重，休息幾天就可以出院了，媽媽才鬆了一口氣。在此之前她已經勸丈夫不要開快車，但是他總是不聽，她也沒有辦法。此次車禍，車子被撞到整個半邊門及車身都毀掉了，送到車行修理，花了不少錢。經過這次事件之後，後父對於開車的事，有點意興闌珊，以後不再愛開車了。

他開始多點時間在外賣店幫手，但他本來就有一種牛脾氣，遇到有些客人進店來買食物時不付錢，他會一怒之下，把客人整個人拋出店門外，這消息傳遍了附近的人，又聽說他會功夫，曾經是李小龍的同門師兄弟，於是對他敬而遠之，也再不敢來買食物了。過了一段時間後，因為生意不好，後父和媽媽只好把店鋪關門大吉。從此媽媽沒有工作，整天在家裏發呆，後父勸媽媽到別家店去打工，她在沒有選擇之餘，只好找工作去了，幾經辛苦之後，到一家由一個中國人開的外賣店工作，直到她後來返港長居為止。後父因為不甘心為別人做工，決定獨自返港另謀出路，把媽媽留在英國。他自覺有點自私，但媽媽知道他的性格，也沒有勸他，任由他去了。

後父離去後，媽媽一人在那外賣店工作，因為長期受盡了心理壓力，最後患了嚴重的胃病，每天夜裏都得吃安眠藥才可以入睡，日間也要服食一種叫 Roter 的胃藥。這樣年年日日地服食胃藥令她感到非常沮喪，好像永遠都好不了。可是堅強的媽媽仍然勇敢地活下去，最後回到香港生活，胃病竟然好了。

總括來說，媽媽在英國除了很短的時間過得愉快之外，其他的日子都活在擔驚受怕之下。我們在香港完全不知道她原來受了這麼多苦難，現在回想起來，媽媽雖然當了富貴人家的少奶奶，其實日子一點都不好過，難怪有人說：侯門一入深似海，真的一點都不錯。

媽媽返港後的日子

後父回香港之後，到了印尼做生意，媽媽在英國獨居了近兩年的時間，才回到香港。這

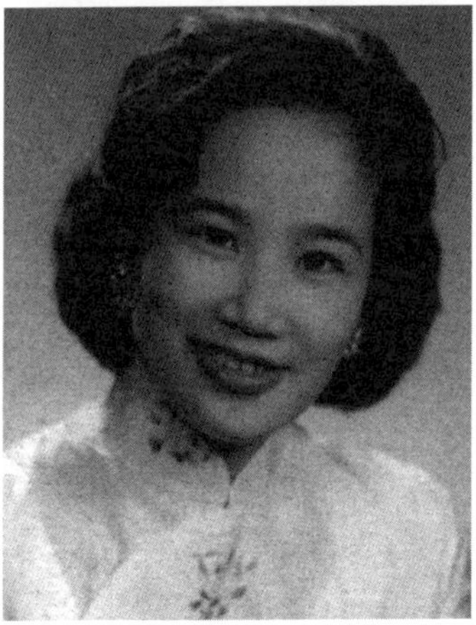

上：媽媽在英國
下：少婦時期的媽媽

次卻是住在後父的七姨媽家中，因為媽媽離開香港多年，已經沒有自己的居所了，只好過著寄人籬下的生活。七姨婆一向對媽媽有成見，認為媽媽把他一手照顧大的孩子奪走了，因此他們雖然住在一起，但基本上是互相不理睬，如同陌生人。而且那間房子周圍環境很差，附近有些低級賓館，也有當時的所謂「一樓一鳳」居所，即是一間房住一個妓女。媽媽住的是八樓，樓上住的還有幹粗活的泥水匠，甚至連占卦算命的人也有。媽媽住的那層樓，地上堆滿了亂七八糟的廢物，當然灰塵也不少，甚至連老鼠也隨處可見。

七姨婆的屋有三間房間，她自己住了最大的，另外一間放滿了雜物，留下最小的一間給媽媽住，裏面只有一扇小小的窗子，進入房間如果不開窗的話，可說是伸手不見五指。媽媽初嫁到李家後，住的是花園洋房，後來搬到尖沙咀的向海大廈裏，更是很寬敞，窗外清風徐來，十分舒適。誰料到如今竟然住在一間如此狹窄的房間，比她初到香港做舞女的時候住的房間還小。媽媽就這麼居住了二十多年，卻從來沒有說過一句怨言，我真的是極之佩服她的忍耐力。今天和歐梵談起這件事，他也說媽媽是個很了不起的女人。

平日七姨婆自己煮飯，沒有預媽媽一份，其實媽媽也有給她房租及伙食費，她這樣對待媽媽實在太不公平。故此我想媽媽是孤寂的，她早晨很晚才起床，然後約朋友到彌敦道的茶樓午膳，遇上我在香港的時候她也會約我。下午回到家裏睡午覺，那時她也很喜歡看一些書和雜誌，例如《藍與黑》、《姊妹雜誌》及《明報周刊》，來消磨時間，又或者到附近朋友家打麻雀消遣，可以讓日子過得快一點。

媽媽，妳心靈的寂寞又是用這些方法可以解決得了嗎？記得妳從英國回港直到七姨婆住進老人院，妳和她相處有十年之久，當中也經歷了不少的傷心事，而我又不常在妳身邊。記得有一年的夏天，妳首次到印尼探後父，住在他家中，在偶然的機會妳接到一個廣東話不很準確的女人來電，妳問她是誰？她自然答要找後父，女性的敏感令妳知道，那女人一定是後父的女朋友，妳當時不動聲色，到了後父回家，在多方盤問之下，他終於承認了那個女子是他的女友，而且還替她生了一個男孩子。媽媽，當時妳的感覺是如何的呢？難道妳沒有為他生下一男半女，他就有權可以找別人為他生孩子了嗎？難道他不記得當初妳和他結婚時，他也曾把我和哥哥當作自己的兒女看待，更何況妳也曾經為他懷過一個孩子，只是後來未出世已夭折了，這是一種天意吧！媽媽妳當初知道後父對妳不忠已經不是第一次了，多年前在泰國他也曾交過一個女朋友。雖然只有很短的時間，但也是他的過失啊！更遑論和那個意大利空中小姐的一段霧水姻緣。媽媽，後父一而再再而三地對妳不忠，難道妳真的是這麼大方，心裏一點都不與他計較嗎？聰敏如妳一定是有感覺的，何況妳又是個堅強的女人，妳跟我的生父離婚時，身邊沒有帶走一分錢，又無工作，但還是堅持要把我和哥哥帶走，妳現在不可能比以前更軟弱的，是嗎？或者這些問題妳都不想回答我，我想妳的堅強都是被逼出來的，哪個女人不想有個可以保護自己、又愛自己的男人？只是妳遇到的幾個男人都是花心的，妳沒有辦法，只好把一切的怨氣都埋在心底裏。這些不快樂的心事都直接導致妳日後的癌病，媽媽不知妳同意我的說法與否？我的性格很像妳，愛把心事埋在心裏面，只是我比妳幸運多了，我生命中的兩個男人都是好人，從來不欺騙我。

妳發現了後父有外遇之後立刻返港，也曾問過我和哥哥應否和後父離婚，我們的回答是否，然後就不了了之。妳依舊過著孤寂的日子，我真的很佩服妳。妳從印尼回到香港後，生活更加孤單了，七姨婆已經搬到老人院了，以前七姨婆在家時，妳雖然不常和她說話，屋子裏總算也有她在，現在屋子空無一人，妳晚上有睡不著的習慣，只好服食安眠藥才勉強安睡了好幾個鐘頭，但卻時常做夢，夢裏看見外婆多次，我想妳心裏對外婆有一種愧疚感吧！

那時後父每月回來一次，探望妳幾天就回印尼了，心想他只念著那邊的妻兒吧，媽媽妳的心裏一定難過極了，但性格倔強的妳是不會要求他不回去的。過了一陣，一位信佛的朋友勸妳信佛，她說夜裏睡不著就多唸佛經，哪怕只是唸「南無阿彌陀佛」也是有用的。妳在她苦勸之下終於信了，在家請了一尊觀音菩薩聖像安放在神枱上，每天在聖像前唸經，初時唸的是《金剛經》，這是一部非常長而又難懂的經文，裏面有很多文字是很艱深的。之後妳告訴我，妳堅持唸著，到了一段時間之後，竟然琅琅上口了。如是者，妳每天早晚各唸差不多半個小時，心情有了寄託後，心境寧靜了，人也睡得好多了。

妳信了佛後，有一天和法師和一班佛友坐船到海上放生，把活的魚蝦蟹之類放回海裏，做到不殺生的功德。妳在上船的時候，不小心踩偏了，傷了足踝，法師勸妳茹素，從第二天開始，妳就每日三頓吃齋，覺得身體很受用，本來妳是個抽煙的人，把這習慣也一併戒掉了。妳真是個厲害的女人，過去幾十年都愛吃肉和抽煙，只用一天就把陋習去除了，真是件不容易的事，妳看來是個很有決心的人。

妳茹素的日子一直到了妳去世前幾天才停止。期間妳患了乳癌，經醫生診斷後只有左邊的乳房有問題，而且是初期的，割除了應該沒有多大問題。妳做手術的那一天只有我和後父到醫院陪伴妳，剛好之前我和表哥文正分手了，卻不敢告訴妳，怕影響妳的心情。妳的手術很成功，推出手術室沒多久人就清醒了，還要後父去買六合彩，並不把手術當作一回事，可見妳是個樂觀知命的人。反而我很替妳擔心，而且又為自己面臨失敗的婚姻暗自神傷。醫生開了一些調整女性荷爾蒙的藥丸，叮囑妳一直服下去，到五年之後，如果沒有再復發才比較安全。幸好那時候後父決定長居香港照顧妳，大概他已經安置好印尼的情婦及兒子了，而那時他自己的心臟也出了問題。你們相濡以沫地過著日子，頗為愉快地過了許多年。

千禧年（二〇〇〇）我和歐梵結婚，婚後不到半年，我的憂鬱病又復發了，是否因為我過度關心妳的病情而引起的？因為就在這個時候（二〇〇一年三月）突然得到妳發病的消息。有一天，妳打電話來，用輕描淡寫的口氣告訴我，妳的癌病又找上門來了。往後一段日子裏，妳幾乎每天都給我來電話問候，但每次電話鈴聲響起，我的神經都會拉緊，拒絕和妳談話，往往叫歐梵接電話。我真不知道自己當時是一種什麼心理？是我怕面對妳的病嗎？抑或是拒絕接受自己的病？現在回想起來，我真的是不應該如此對待妳，妳已經是個病人，我應該多關心妳，而不是拒妳於千里之外，媽媽我實在對不起妳，不知妳當時的感受是如何呢？因為我時常不肯接受妳的電話，妳打電話來的次數逐漸減少了，我的心也越發內疚，痛恨自己的無情，為什麼我們不可以彼此關心對方呢？

媽媽妳不是一個很聽話的病人，醫生要妳吃的藥，妳只吃了四年就自作主張把藥停了，過了兩年，癌症復發了，這次轉移到骨頭，醫生只好要妳做化療，化療效果不理想，又得做電療，著實受了不少痛苦。

二〇〇一年七月，歐梵接受香港大學的客座教職一年，我們回到香港，初時我還是不太願意告訴妳我們回來了，因為我還是不想見妳。後經同事介紹，見了一個中醫，她開了一個藥方給我，我服藥後，沒有幾天，我的病竟然有起色了，於是我才有心情見妳。然後我們一家幾口——哥哥那個時候也回港探親——一起去見那位中醫，當然希望中醫也可以治妳的病。在那段時間，妳的病好像暫時紓緩下來，我們不時請妳去佐敦道那家妳喜歡的素菜館吃飯，大家過了一段頗為愉快的日子。可是快樂的時間似乎過得好快，不久我們又要回到美國了。癌症這種病不是這麼容易痊癒的，不多久又聽到妳的病轉壞了，我的心又再次焦慮起來，可是鞭長莫及，母女二人各懷心事，好不容易歐梵再次受邀到香港科技大學訪問一年，我們才有機會跟妳再次見面。會面時妳依然有說有笑，很少談及妳的病情，媽媽，妳就是這樣的一個人！任何痛苦都是自己一個人挺著，不要我們為妳擔心。

媽媽在世的最後一段日子

記得那年母親節前兩天，媽媽叫我和歐梵到她家陪伴她，因為後父要到醫院為她取藥。後父剛走出門口，媽媽就從房子裏叫我，她神經兮兮地吩咐我：不要用屋子裏的任何東西，包括廁所紙、毛巾、乳液，和後父臨行前為我們泡好的茶，更加涓滴不可進口。她瞪著老大的眼睛說：「那些東西都是有毒的，妳看，我的牙肉都腫了，就是喝了他做的蔬菜湯，口舌感到苦澀不堪，我想是吃了他給我燒的飯菜，妳知道嗎？妳爸爸有眾生鬼魂附在他身上，他現在是身不由己啊！」我想著：媽媽妳牙肉痛是因為妳很久沒有刷牙，牙肉發炎了，後父早已勸妳多漱口，妳就是不聽。口苦是服食止痛藥太多了，況且妳又睡得不好，肝氣上升也令喉嚨乾燥的。牙肉浮腫也是平常事，哪裏是什麼毒氣攻心？我實在按捺不住了，又再跟她解釋一次，但她還是不肯接受，還是幽怨地說：「女兒啊！媽媽就是想你們好，怕我死後妳爸身上的鬼會加害你們，明年歐梵退休了，如果不是很歡喜香港，不回來也罷。」我聽後心中懊惱，再也說不出話來。曾經有一位佛家師傅告訴我，人之將死，身體缺乏陽氣，容易產生妄想，所以媽媽才會對後父的行為產生誤解和怨恨，多年來積累的憤怒，一時爆發出來。

媽媽又把我叫回房間去，進到房內的第一眼，我的心就往下沉了，我發現她比前幾天身體又瘦了一圈，本來肥嘟嘟的雙下巴，都起了層層的皺紋，手背現出一條條的青筋，圓鼓鼓的藕臂瘦得像兩根木棍，她戴的玉鐲子都快要滑下來了，只剩下一雙依然動人的眼睛，半帶驚慌，半露憂傷的神情，還含著一泡眼淚。從我懂事以來絕少見到媽媽哭，我印象中的她是堅強的。多年前，她隨後父遠赴英倫求學，送行的親人都哭成淚人，她卻沒有流下一滴眼淚。外婆死了她也沒有回來，大概也沒有哭吧！最近她卻多番傷心流淚，其中隱藏了太多的內疚，她要我原諒她令我缺乏母愛，她說自己第一次結婚太早了，而且遇人不淑，受盡許多身心的折磨，令致與家人的關係疏離，她覺得特別愧疚的是沒有好好地照顧我，說著說著，她泣不成聲，緊緊地拉著我的手，要我原諒她！我們母女抱頭痛哭，在我們一生中從來沒有這麼激動過，就在那一刻我們母女之間的所有隔閡都消失了。

媽媽，其實妳大可以放心，我早已寬恕了妳！試問年輕人誰沒有做過錯事？何況妳是個心地善良的女人。妳向我抱怨說：「我的一生每次遇到困難總能逢凶化吉，有貴人相助，偏偏這次上天似乎絕了我的後路，我要舒舒服服地死在醫院裏，卻沒有醫院願意收留我，逼得我癱瘓在家裏，受眾生鬼魂殘害而死，容不得我有選擇死的權利。」其實，醫院不收留媽媽，是因為當時沙士瘟疫蔓延，為安全起見，暫時不接受新病人。

說來媽媽畢竟還是一個有福氣的女人，在世上最後的這段日子裏，有後父二十四小時全天候服侍她，除了每天煮三頓飯，還要伺候媽媽大小便，因為她已經不可能走動了！雖然是在午夜半睡半醒之中，他也會拿便壺給媽媽。後父晝夜操勞，忙得心煩了，偶然發一下脾氣，證明他是個活人而不是個幽靈附身，何況他自身也患了心臟病。

媽媽多年來對丈夫的不信任心態，時至今日更是變本加厲。後父以前生性風流，過去那些年聚少離多，他在東南亞經商，媽媽一人在香港空幃獨守，對幸福的婚姻生活早已不存奢望，但世事難料，退休後的後父，又回到香港來與媽媽長相廝守，多年來疾病相扶，都頗為相安地過了一段日子，但媽媽一向多疑，兼且賦閒在家無事二十多年，容易胡思亂想，現處於病危狀態，還是說服不了自己，浪子是可以回頭的！年輕時後父縱然是自命風流，有時愛拈花惹草，可能沒有顧到媽媽的感受，她長期對老伴的不信任，把怨氣都壓了下去，對臨終之前所受到的善待，必然感到不太真實，正如她近日時常掛在嘴邊的幾句話：「我知道自己是沒有如此的福氣，會有這麼好的丈夫服侍我，他是來整治我的，他明明在夢中說著要我這個女人的命。」我聽了這段話之後也為後父辯白：「爸爸是個好人，妳大概也承認吧，他老了，需要的是溫情，況且妳現在病重需要人照顧，他可以繑起手來不顧嗎？他對於以前的行為怕不難有幾分贖罪之意。」我以為自己說得合情合理，媽媽就是執意不信。

我忽然了解到，原來我的憂鬱病是從媽媽處遺傳過來的，我的性格酷似她，長相更不消說，小時候因為環境所逼，不能認她做媽媽，但會有人相信我不是她的女兒嗎？我第一次患憂鬱病那年，她剛做了乳癌手術；我第四次病發又碰上她患了骨癌，這一次只能夠說是巧合而已嗎？她是我的媽媽，這是無法改變的事實，我的身體流著她的血，我們縱然不常住在一起，但母女的緣分卻在我未出母胎以前早已注定。在過去的憂傷歲月中，母女兩人說不定都在交替患著憂鬱病，只是她不曾自覺而已，或許也不願意面對它，媽媽沒有告訴我她的感受，正如我沒有向她表達自己的喜怒哀樂一樣。二〇〇二年我跟丈夫合寫的書《過平常日子》出版了，她看過後才恍然知悉自己親愛的女兒在過去十年曾經受盡精神的折磨，而母女間的恩怨，都在一聲「女兒啊！難為妳了」之中消失得無影無蹤。

媽媽的葬禮

那一年（二〇〇三）正是沙士肆虐期間，我們本來就打算返港，因為歐梵在科技大學擔任訪問教授。有一天晚上我們忽然接到後父打來的電話，告訴我們一個壞消息：媽媽的癌細胞已擴散到了整個盆骨，連吃飯都只能坐在床上吃，夜裏要服用嗎啡才可以安睡。我們聽了實在很擔心，決定提早返港，也通知哥哥從美國趕回來。我們剛剛在科大宿舍安定下來，住了還沒有多久，一天晚上就接到後父來的電話，說媽媽突然感到非常不舒服，叫我們即刻到醫院，歐梵怕我的憂鬱病又發作，勸我暫時不去，可是當哥哥趕到醫院時，媽媽已經斷了氣。後父滿臉眼淚告訴哥哥，十分鐘之前摸媽媽的額頭還有微溫，但哥哥趕到時她已經全身冰涼了，容貌十分安詳，像一個熟睡了的人。媽媽就這樣結束了她傳奇的一生。

媽媽去世那天是六月十三號星期五，正應驗了西洋人「黑色星期五」的說法。後父趕到醫院時媽媽身體尚帶微溫，哥哥到達時她早已去世了。後父按著她額頭背誦《心經》十遍，再加上《主禱文》兩遍，後父說無論如何她肯定可以早登仙界的，無須在凡塵受苦。他的這個舉動無意間揭露了媽媽最終的一個心靈抉擇：在臨死前幾天，從她多年來信奉的佛教改信基督教。這個突如其來的舉動，我們猜想可能是她在醫院期間，殷勤照顧她的護士是個虔誠的基督徒，還有一位牧師也來看過她幾次，媽媽在精神上受到感召而皈依。對我們子女而言，只要她心靈最終得到安慰，我們就放心了。

媽媽的喪禮遲至六月最後兩天才舉行，二十九日晚的安息禮拜是由牧師主禮，引導媽媽信耶穌的沙田醫院院牧首先憶述媽媽的信主過程，他說：「李太太進醫院的第二天，我即刻往病房看她，她跟我說了很多話，雖然其中有些話是我至今仍然無法明白的。她清楚地告訴我，她要信耶穌，接受耶穌，她每次見到我都嚷著我跟她一同禱告，每每能夠從禱告中得到喜樂。她真是個極之堅強的女人，我估量她那時的肉體已經十分痛苦，但她從來不吭聲，還總是笑容可掬，如非必要絕不麻煩別人為她到倒茶遞水的。她很愛自己的丈夫及兒女，為了避免沙士的傳染，她甚至拒絕家人的探望，在臨危的病人中，精神的支柱實在是十分重要的，她能如此體恤親人，真是極之難得的。」

跟著哥哥上前敘述媽媽生平，他引述了兩個電影的典故來講述媽媽的一生。媽媽從一個年幼喪父的窮家女，十七歲即負起作媽媽的責任，三年的婚姻生活令她曉得世界上有不可靠的男子，毅然離婚，把一雙仍在襁褓中的兒女交由寡母照顧，隻身從廣州南下香港，在偶然的機緣裏，認識了一個富家子，就此成就了一段《仙履奇緣》般的婚姻。婚後她很能做到上和下睦，克盡婦道，和後父在英倫過著相濡以沫的日子，從後父那兒，她學習了如何交際應酬，也學識了做生意之道，猶如影片《窈窕淑女》（*My Fair Lady*）中的窮家女成了儀態萬千的淑女。最難得的是在她人生最後的日子裏，得到丈夫的照顧，衣不解帶地親自侍奉湯藥，直到送往醫院為止，最終她是在醫院離世的。

哥哥說雖然媽媽修佛茹素多年，卻選擇了基督教作為她生命的最後歸屬，這個轉變可作奇蹟看待。她的抉擇也粉碎了多年前一個相士為她算的命，說她「老來清燈禮佛，逝時無親人送終」，但哥哥的證詞反而更令我信服，他在致詞結尾時說：「媽媽是個聰慧的人，她現在信了耶穌，看來不想受六道輪迴之苦，可以直接上天堂，相信她會安息主懷，我們都可以安心了。」這就是她最終放棄多年禮佛的原因，這個抉擇是值得我們尊重的。何況媽媽的親人在她離世不久還是趕到了，而且為她舉行隆重而溫馨的送終安息儀式。

第二天中午，媽媽的遺體大殮，每位來祭奠的親友都在她的靈柩內放上一枝玫瑰花，陪伴她的遺體火化。我沒有參加那晚的瞻仰儀式，放棄了兩次看媽媽臉容的機會，這是我刻意迴避的，我只要記得她那歡愉的、天真的、美麗的臉容，這是在她受洗時的那一刻所表現出來的表情，我早已經用心靈的數碼機把她攝入我的記憶裏，再也不會忘記。

參加媽媽的受洗典禮，是我最後一次見到媽媽。記得那一天我們一行六人到威爾斯親王醫院，穿上防禦病毒的衣袍及口罩，站在媽媽的床前，牧師宣讀經文後問媽媽是否願意接受耶穌為救主，媽媽的答話是堅決而喜悅的，我想比她在自家的婚禮上對主婚人說的宣誓更堅定，就那麼五分鐘的時間，媽媽給我的印象是深刻而感動的。她的兩頰嫣紅如花，笑意盈盈，盈盈中大有舒齊之態，眼中含有淚光，眼神卻是天真的，盡去之前的茫然神態，她虔敬而認真地合十，向上帝禱告。我看著看著，眼淚忍不住流了下來，這是一種感動的淚，在淚光閃爍之中，我的媽媽回復了無助的小女孩的樣子，她似乎不需要要強了，原來固執的性格也被解體了。記得《聖經．馬太福音》記載著耶穌這樣的一句話：「你們要有小孩子的樣式才能進天國。」她大概是可以進天國的。我們口中唱著聖詩，心中卻唸著：「媽媽我愛妳，我愛妳……」儀式完畢，我們都得離開，媽媽即時顯得有點兒落寞，但媽媽我要告訴妳，死亡的道路是孤單的，我們孤身來到這個世界，也得孤單上路。臨行前我們的眼神就只有一秒鐘的接觸，我隨即問她：「媽媽妳喜歡這花球嗎？妳開心嗎？」她的眼神有一絲失神，跟著又燃起如星的火花，重複地說著：「很喜歡……很開心……」媽，就憑妳這兩句話，我就安心了，妳的笑臉一直留在我腦海裏，我迷戀著這張美麗的笑臉，當然不願以妳其他的面容替代。

令我也感到安心的是，後父說大殮之前，叫仵工在媽媽的棺材裏鋪墊了厚厚的一層金銀衣紙，肯定媽媽在天堂或地獄都不缺錢花。

沒有媽媽的日子

二〇〇四年五月份的夏天，我和丈夫歐梵到歐洲旅行，在布拉格的一間書店裏，看見一支架的賀卡，設計得很特別。我不懂捷克文，卻一望而知是母親節的賀卡，不知不覺地從中選中一張，想寄回給香港的媽媽，轉念之間，才意識到媽媽過世已經一年了，她已經化成一罈灰燼，寄存在九龍將軍澳山上的墓地。想到這兒，我的心頓時沉了一下，禁不住默默地說：媽媽我好想念妳哦！為什麼妳離世何其早呢？妳還不到七十五歲呢？

媽媽二〇〇三年六月去世，在送別的葬禮上，我沒有激動地痛哭流涕，只是淚盈於睫而已。對於她的去世，我已經心裏早有準備，也就坦然接受了，事到臨頭的時候，我顯得冷靜而堅強，卻把內心的感情逐漸化為文字，憑著一支筆，盡量把我的悲傷不斷傳到文字上去，因此寫了不少短篇的文章，雖然未至於一字一淚，卻是一筆一畫都出自肺腑，牽動著我的心弦，因而逐漸把情緒從激動化為平靜，這就是我的自我心理治療的方法。

沒有媽媽的日子，表面上我生活如常，我跟她的關係，本來就不密切，雖然我們在同一天空下的香港生活，卻不是很常見面，大概一個星期一次吧，直至她病重之時，我們之間的距離才拉近了，可惜，她已是日暮之人了。天可憐見，在她離世前兩個月，我們母女有了幾次深談，終於在她彌留之際交出彼此的誠意，解開了多年的心結，由是她可以心無罣礙含笑而逝，我也不再心存愧疚，我和媽媽的心靈從未如此接近過。媽媽，我希望來生我們可以重結母女緣。有了這種想法後，我對媽媽的思念似乎有了寄託。

有了這種想法之後，我對媽媽的思念隨著她的逝去日遠而日近，尤其是到了過年過節，總會想給她買些吃的、穿的、用的東西，往往在回心一想之下，取消了欲買的衝動。意念告訴我，自己已經是個失去媽媽的人了，沒有媽媽的感覺不好受，我現在才真正領略到「樹欲靜而風不止，子欲養而親不在」的悲苦心情。

有一天清晨，被後父的電話吵醒，在意識朦朧之中，聽見他在電話那一邊說：「阿女，星期六是妳媽媽的忌辰，我會到她靈前致祭，我只是提醒妳一聲而已。」我醒了才知道後父記錯了日子，六月十三日星期日才是媽媽的忌辰，可能是他的記憶力衰退了，又或者他思念媽媽太殷切了。我並不是只在媽媽去世的祭日才去拜祭的，只要我時常把她的形象記在心中，也是另一種拜祭形式。我突然驚醒：原來後父打電話來都是我的一個夢。

媽媽的素描

媽媽的眼神

媽媽在我一歲時已跟我的生父離異，獨自「遠渡重洋」——從廣州到香江來，謀一家的生計，留下哥哥和我與外婆相依為命地過活，母女從此分開了。數年後，媽媽和一個富家子再婚，婚後跟隨後父往英倫留學，那時我大概六七歲左右，母女遠隔重洋，難得一見，即使有數次母親隨繼父返港探親，每次見面也不過一兩天，大多在外頭吃頓晚飯，或帶我和哥哥到戲院裏看卡通片。如此又過了至少十年，他們才返港定居，那時外婆早已去世。

年幼的我對媽媽有一種特別的依戀，覺得她比粵語片中的女明星都來得漂亮，卻有一種凜然不可侵犯的態度。她向來不會對我摟摟抱抱，看來不像尋常的媽媽，她越是這樣，我越想媽媽抱著我、親我的臉蛋兒。有一天，外婆向我們宣佈媽媽就要結婚了，對象就是常常來看我們的富家子李先生，他風度翩翩，待人接物和藹可親，鄰居都讚他人品好，羨慕媽媽的福氣。外婆跟著說：「李先生是大富之家，名門之後，親多人雜，以後妳媽媽做人可艱難啊，她不能名正言順地當你們的媽媽了，你們以後稱她為阿姨吧。」外婆說來平常，但我幼小的腦袋就是不能理解，何以媽媽變成阿姨呢？可是我曉得，以後得到她親我抱我的機會更是渺茫了，我對她的依戀更是日漸加深，偶爾她以溫柔的眼神看我的時候，我才驚覺到，她本來就是我的親媽媽嘛！

媽媽結婚後，我們彼此間的關係更疏離了。她每次回家，都是來去匆匆，很少有機會閒話家常，往往就是為了送家用錢來，外婆總是訴說家裏開支大，家用入不敷出，媽媽總是皺眉頭，眼中流露出不耐煩的神情。媽媽為什麼不耐煩呢？她原來秋水盈盈般的眼神哪裏去了呢？莫非婚姻生活真的令她做人難？外婆說媽媽是憑一雙美眸取得她婆婆的歡心，但當個大戶人家的少奶奶，難道只憑一雙媚眼就可以應付得來嗎？我想她的生活是不易過的。

婚後一年媽媽跟隨丈夫坐船到英國留學，我們到海運大廈的遠洋輪船碼頭送行，大部分親友都哭了，只有她忍得住眼淚，眼神是堅毅而篤定的，彷彿是個滿懷理想而志向得伸的人。現在她可以振翅高飛了，再不需要困在深似海的侯門中了，從此和丈夫建立自己的小家庭，她當然高興了，她不流淚是可以理解的。

十年多過去了，家中老人都過世了，後父和媽媽才回到香港長住，那天哥哥和我興沖沖地接媽媽回來，我親自下廚為他們洗塵，飯桌上我們閒話家常，談著哥哥和我的童年趣事，她低頭不語，卻不時以欣賞的目光盯著我那張笑靨如花的臉，她突然有所領悟地說：「估唔到醜小鴨忽然變咗美天鵝，頭先喺機場差啲沒把妳認出來。」從此這種欣賞而略帶羨慕的眼神就一直跟隨著我足有半年之久，其中充滿了母性的溫柔，卻令我忸怩不安，感覺是既羞且驚，卻有一絲絲的舒坦。

天意注定我們母女情緣薄，媽媽回來後，我們只相聚了半年，我和未婚夫就到美國留學去了，一去就是十二年，這期間我和媽媽見面的日子不多，靠著暑假我們回港省親，也有連續三年的秋天，媽媽帶著大包小包的禮物到芝加哥探我們。她的探訪真的是「純探訪」，我們要帶她到處參觀走走，她硬是不肯，每天堅持給我們預備晚餐，兩個星期下來，母女關係沒有改善，卻日漸生疏，每次媽媽回來之前我總掂量著如何善待她，但到她離去後都留下更多的內疚感。

有一天忽然接到媽媽從香港來的電話，她嚷著要跟後父離婚，那時候後父在印尼做生意，媽媽在一次到訪印尼的時候，發現了他的秘密——金屋藏嬌，後父知道事敗，懇求媽媽原諒他，媽媽不聽，要找她的一雙兒女作主。我們都不贊成她離婚，我只問了她一個問題：「媽媽妳離婚後會再婚嗎？」她的答案是「否」，離婚的事情就不了了之了，但從此她的眼波流轉之間多了一些東西，好像在這兩泓清澈的秋水中浮著幾點小浮藻，我想這就是猜疑的心情吧，她看來有點不快樂。

我返港兩年後經歷了婚姻的失敗，情緒變得憂鬱而自閉，怕媽媽為我擔心，所以苦事樂事都包攬在自己身上，和媽媽過年過節才見面，我們的關係中間像隔了一道厚厚的高牆，對望的四目有如封了一層薄冰，我們都沒有足夠的熱量把它融化，如此這般又過了多年。一九九七年我患了嚴重的情緒病，媽媽把我接到他們家中，是為了便於照顧我，那時我的病情很重，白天無故哭鬧，夜裏闔不上眼，時常整夜失眠。母女相對時間多，我開始說出我曾經四次自殺的經過，媽媽聽後為之動容，她哭著說：「女兒哦！妳為什麼不早點跟媽媽說呢？可憐妳一個人頂著這痛苦的半邊天。」在那一刻我們相對無言，但在媽媽含淚的雙目中我發現了一丁點兒的愧疚情意。其實媽媽的眼神何嘗不是我雙目的倒影，母女都擔著同一個情感的包袱。

兩年後我跟歐梵結婚，他成為我母女之間的一道溝通的橋樑，媽媽知道我倚仗有人，不必為我的將來擔心，她內心的歉疚感減了不少，和煦溫暖的眼神又回來了。

二〇〇三年的春天，媽媽的骨癌進入了晚期，我有兩次機會隨侍在側，媽媽跟我說了許多心底話，她請我原諒她年輕時候的疏忽，沒有親自照顧我，導致我日後的心理匱乏之。經過這兩次的心靈溝通，我跟媽媽之間的恩怨愧疚，都隨著彼此的眼淚沖洗得一乾二淨，我看見媽媽略帶失神的眼光顯得清澈無瑕，沒有一點兒雜念，在她無瑕的眼神感召下，我看著媽媽首次說出：「媽媽！其實我是多麼愛妳的哦！」就這麼一句話，母女多年的心結解開了，彼此再也不留下一絲絲的遺憾。

媽媽愛美的衣著

愛美是人的天性，尤其是女人。我媽媽是個漂亮的女人，她十分喜歡穿美麗的衣服，五六十年代，香港流行的衣裳有很多不同的式樣，但我媽媽卻不追求時髦，她穿衣服有她自己一套獨特的風格。自從她當上伴舞女郎之後，她的衣服更加講究，但在平常不用上班的日子，她衣著十分隨便，可能只穿了一套短袖的衣褲。不講時尚並不代表她守舊，只要衣服穿在她身上好看，她也會跟著潮流走；例如當年很流行穿百褶裙，媽媽也會擁有兩三條這樣的裙子。這種款式並不是每個人穿在身上都好看，因為如果身材肥胖的人穿了會顯得很臃腫，為什麼這樣呢？做裙子的布料是軟軟的，活像老去的女人眼尾長了皺紋，魚尾紋是不受歡迎的。可是百褶裙就不一樣了，因為布料一層疊一層的褶紋，女人穿了就搖曳生姿，就是那個女人長相不怎麼樣，在後面看來都非常吸引人，何況我媽媽是個漂亮的女人。

媽媽還喜歡穿一種連身裙子，這衣服上半身腰緊緊地束起來，而下身卻是寬闊的裙襬子，如果只有軟的布料就會垂下來，不會顯出它的特色，非要在裙子的底部配上層層的白紗，把裙子撐起來，活像穿了一個大蘑菇在下身，長度幾乎到了足，裙襬隨著音樂起舞，再穿上一對三吋高的高跟鞋，看來像是一個仙女下凡，飄飄然。那時媽媽也很愛穿有小珠子的外套，剛好到了腰肢部位，在陽光普照的大白天或者燈光明亮的晚上，外套被照得耀眼生輝，看得人眼花撩亂。還有一種褲子也是當時很流行的，褲筒特別窄，但很有彈性，無論高矮肥瘦的人都適合穿著，可是我媽媽卻不喜歡這種褲子，看來她是不愛受束縛的人。但是有些肥女人都很喜歡穿，因為她們腹部脂肪太多，看起來像懷了幾個月身孕，十分有趣。在平日不用上班的時候媽媽多穿素淡的衣服，也不化妝，像個淡掃蛾眉。這些旗袍的料子都是用普通的棉布和織錦作成。

那年代婦女都很流行穿旗袍，媽媽雖然不趕潮流，但是她那纖細的腰肢及豐滿的胸部，正適合穿旗袍了，特別是在上班伴舞的時候，媽媽的旗袍顏色及布料質地都很多樣化，有紫色、棗紅色、黑色、淺綠色等，五彩繽紛。而且媽媽很有創意，旗袍上繡著閃閃生輝的金線，尤其深色的旗袍，對照之下，顯得特別耀眼，我可以想像她在舞池和一位瀟灑的男子（也許就是我的後父）飄然起舞的模樣。當然她腳上穿的是一雙閃閃發光的高跟鞋，才配得上現代「灰姑娘」的角色！她穿的高跟鞋至少有三吋高，這也是當時的時尚，穿著高跟鞋在舞池中跳舞，走起路來，搖曳生姿，配上旗袍上的金線在舞池的燈光下閃爍，令人目不暇給。這種鞋穿起來很好看，只是因為鞋跟太細了，人稱之為「斗零踭」——斗零是當時貨幣的五仙錢，現在已經不再用這種硬幣了——但是因為人的整個重心都集中在十隻腳趾上，之後會覺得很痛，尤其是媽媽每天伴舞很多個小時，回家後人覺得特別疲累。

後來媽媽和後父結婚，離開舞廳，搖身一變，當了富家少奶奶，衣著也變了，改用絲綢縫製，在家常穿一套碎花斜襟的短衫褲，腳踏一雙鑲滿五彩小珠的拖鞋。小時候我最愛這些小珠子，恨不得媽媽趕快穿破，我就可以把鞋上的小珠子拿下來玩。媽媽外出時常穿另一種款式的旗袍，領子比一般的旗袍低一點，胸前有幾個絲綢結成的鈕扣，背後有一條長長的拉鏈，別有一番大家閨秀的風範，這種柔軟的絲綢旗袍穿在身上十分舒適。到外頭應酬吃飯的時候也穿三吋高跟鞋，不過那時是玩票性質，偶爾為之，腳趾一點都不覺得難受。

其實女人為了漂亮，任何痛苦都願意承受，真是無話可說。

媽媽的飲食習慣

我的媽媽生來比較隨性，做事十分堅持固執，不會容易被別人勸服，一旦她喜歡上的東西，就很難改變。例如說，她一向很喜歡吃芒果，可以一天連吃五個，外婆在世時，常跟她說：「芒果好濕毒，多食唔好。」可是媽媽把外婆的話當作耳邊風，照吃如儀。她又很喜歡吃螃蟹，一頓飯下來，一人獨自吃掉三四隻，結果令她肚子不舒服，她只好吃止痛藥，停了兩天不吃螃蟹，第三天忍不住又吃了。如此周而復始，永遠不會改變的。

記得她患乳癌期間，受佛教師傅的勸告，吃的是全素，每天只吃青菜豆腐。我覺得她營養不夠，有一天我買了幾瓶維生素給她，以補充身體所需要的營養，但她堅持不肯吃，認為身體的營養應該完全依賴新鮮食物來吸收，不能依靠維生素。我勸她多次，她不肯聽從，我也沒有辦法，只好隨她的旨意行事。沒想到過了多年之後，癌細胞從乳房轉移到了骨頭，經醫生診斷，說媽媽身體營養嚴重不足，本來媽媽應該聽醫生的話，但她置若罔聞，沒想到一年之後就病逝了。雖然她的離世不一定由於她不聽醫生的話，但這也是原因之一，如果她聽勸，或者可以多活一陣也說不定。

媽媽驚人的意志力

許多年以前，我媽媽已經信佛，她常跟佛堂的法師到海裏放生，把可以吃的魚類、各種海鮮動物放回海裏。有一次，她如常出海做這件事，他們一眾人等在碼頭集合，預備登船，當我媽媽一隻腿踏上船的時候，一不小心，把腳扭傷了，頓時感到痛楚萬分。法師立刻電召救傷車把她送到醫院，診斷結果是腳跟扭住，也有外傷，要縫針，並加上鋼板支撐腳部。包紮完了，各人問她痛也不痛？她說小小意思，一點也不痛。

回程中，法師跟她說：「李太，放生本來是件好事，但今天發生了這事，是菩薩告訴妳，妳前世作孽太深，今生也要還債，從今天開始，妳應該不再吸煙，不再殺生，每天吃全素。」媽媽聞言，回到家裏，當天晚上立刻把二十年吸煙的習慣戒掉了，當然也從那天開始實行茹素。我佩服她的意志力，我朋友的爸爸患了嚴重的心臟病，醫生勸他不要再吸煙了，否則隨時有生命危險，可是朋友的爸爸說：「醫生我實在沒法不吸煙，我寧願少活幾年！」

我媽媽就是一個意志力驚人的女人，她有次不小心跌傷了，閃了腰，回家自己想辦法把它治好，完全不去看醫生服藥，用自己的方法去克服腰痛。到了她骨癌最後階段，全身都痛得很厲害，她也不輕易吃嗎啡，靠自己的意志力去克服那種痛楚。

媽媽的禮物

我媽媽是個非常慷慨的女人，尤其是對於金錢方面更不計較。我記得在芝加哥陪前夫唸博士的時候，她來探我們的次數不下四五次之多，通常都住在我們家，至少一個多星期。她每次來都會提著三個大皮箱，裏面放滿了送給我們的禮物。給我的禮物有各種各樣的東西，有吃的、用的，其中衣服最多。

媽媽買東西的習慣很有趣，她如果看見歡喜的物件，會一次過買好幾件，例如她送我的衣服，同一款式的她會買三件，只是顏色不一樣而已。除了衣服之外還有手袋、胸針、小飾物。我在香港的時候，她會先問我：「妳喜歡我送妳嘅嘢嗎？」初時我不好意思說不喜歡，我總會說：我鍾意！我鍾意！我這麼一說，她買得越加起勁，從此三朝兩日送上幾件東西給我。漸漸我不再鼓勵她了，於是我跟她說，不要再花錢給我買東西了。她說：「我只有妳一個女兒，買東西給妳又怎麼會浪費呢？妳鍾意就好。」媽媽一如既往地給我送東西，我為了讓她開心，也就高高興興地收下，偶然也會收到我真的喜歡的東西，可是我不敢告訴她，怕她會買更多的禮物給我。

記得有一年的夏天，我從芝加哥返港度假，媽媽買備一箱子的衣服，給我拿回美國穿，其中有冬天的，也有夏天的衣物。我一眼看見一件淺紫色的布料襯衫，特別亮麗別致，有種絲綢式的柔軟，小V形領子翻出像荷葉，象牙色蕾絲花邊，胸口的鈕扣兩邊綑上波浪的鑲邊，一直垂到腹部，袖子長至手腕部位，散開如喇叭，姑且稱之為喇叭袖，是八十年代流行的款式。

一般來說我衣服保存期不超過三年，當然也有例外的，被我保留下來，一定有它的獨特之處。這件襯衫超過二十年歷史，它的款式比較適合纖瘦的人穿著，追不上我身材的變化，但就憑著它秀麗獨特的設計，叫我不忍心把它棄之如敝履，於是年年日日過去了，它仍然如影隨形，跟著我走過八千里路雲和月。媽媽已於許多年前去世了，它之於我，更加有不可多得的價值，睹物思人，物在人亡，試問又有哪件衣服及得上它的珍貴呢？

直到我和歐梵結婚了，我仍然會拿來穿，其實經過這麼多年後，款式早已過時了，但我依然把它保留下來，使我每次看見這件衣服，都令我想起媽媽買衣服給我時的得意表情，和她對我的慈愛，也令我想起她當舞小姐時所穿的衣服，那時的她是多麼的有品味。雖然我自己現在也老了，不復當年的美貌，但是依然年年不忘這件漂亮的衣服，因為它喚起了花樣年華的美好回憶。

最後媽媽我要跟妳說，我是多麼的愛妳，雖然妳很少直接用身體語言來表達，但我知道妳是多麼的疼愛我。除了給我買東西之外，妳的一生奉獻了給我們，這是件最珍貴的禮物。

結語：給媽媽的兩封信：其一

媽媽，最近不知為什麼時常做夢，夢中我們一家人很快樂地過著日子，其中有外婆、妳、哥哥及我，但獨少了世雄，他是我同母異父的弟弟，我這幾天突然想到他，雖然我和他同在一起生活的日子不多，但是他畢竟是我的弟弟。我和哥哥雖然從小到大只有外婆照顧，但這個弟弟比我們的運氣更差，被妳過繼給別人了。雖則表姨媽認了他作兒子，但我知道他心裏時常想到媽媽妳，為什麼他一直沒有看見妳呢？有一次，我們在年紀稍長之後，在香港街上碰過他，他一直問起妳，其實那次妳還在香港，我曾經建議大家見個面，但妳一直沒有答應。媽媽！妳為什麼這樣忍心，生下了他就不再理他呢？他也是從妳肚子裏生出來的，是妳恨他的爸爸嗎？妳不想面對那段和他爸爸相處的日子嗎？況且那男人那時也是妳自己選擇的，應該認命，而且最不應把自己的命算在弟弟身上。

我不知道弟弟現在是否仍然在世上？但是我只知道他是很不快樂的，要知道明知自己有一個憎他的媽媽，而不能見面，是件多麼痛苦的事情。我和哥哥與妳相處的時間雖然不多，但也有機會見面的，而且也有外婆在身邊照料；他雖然有表姨媽看顧，但究竟不是親生骨肉，可是我不知道他是否有一種傳統觀念，親生媽媽總是無人可以代替的，如果是的話，他一定會終身遺憾，我真的替他難過。

我不好說妳無情，但事實上妳是有些無情，轉眼幾十年過去了，妳和外婆早已不在，我自從和他碰過兩次面之後，一直沒有再見到他。古人說：「有今生未必有來世」，現在他的情況不知如何？但是我一直沒有忘記他的，想來他也已到了花甲之年。媽媽！妳如果因信耶穌而上了天堂，希望妳在天之靈保佑他，要他活得好些。

給媽媽的兩封信：其二

媽媽！妳好嗎？從沙士疫症流行那一年妳去世，轉眼快到二十年了。在沒有媽媽的日子裏，每逢看見別人父母雙全，我心中總有一種羨慕的感覺。雖然我們同在一起的日子不多，但畢竟是母女，妳雖然從來沒有擁抱過我親我，我也能接受，外公在生時很疼妳，但是那個時代的大男人會抱妳吻妳嗎？當然不會囉！

媽媽妳不對我表示親熱，不代表妳不愛我，或者是妳的性格不善表達，或者是妳早年受過男人的欺負，我不知妳一生中的三個男人對妳好與否？我猜也不會好到哪裏去。其實這三個男人都是妳自由選擇的，他們對妳好不好也是沒有什麼辦法的，後父雖然是個花花公子，但妳在世的最後一段日子，他對妳的照顧已經算是差強人意了。雖然他對我不太好，但是我為存忠厚，也不好說他什麼壞話，人誰無過呢？只要他最後對妳好就算了。

媽媽！妳的一生受的苦也可謂不少，年幼失去父愛，與外婆感情也不很和諧，這是無法補償的，雖然外婆和妳都盡了力，卻都不很成功，這是誰人都顧不了的。至於妳對外婆的態度，我是頗有微言的，雖然妳自己說有苦衷，但妳當時是可以做得好一點的。當然外婆與妳的恩怨情仇，是上天早已預定的，非人力可以改變。正如我和妳的緣分也是如此的薄弱，是不可以怪人的。相對來說，妳的命運雖然不好，卻比外婆好一些，起碼妳也享了幾年的清福，但外婆卻一直沒有多少的好日子過。

媽媽妳知道嗎？我和妳雖然沒有在一起生活，在一起只有很短的日子，但是畢竟血濃於水，我對妳的懷念隨歲月的流逝而遽增，每當我坐在地鐵經過佐敦站的時候，我的心總會記起妳曾經住過的房子，心中總有種淒然之感。

自從妳去世後，我不願意再去參加別人的喪禮，因為我怕想起妳，妳去世之前受洗的那一刻還歷歷在目，妳雙手拿著一束玫瑰花，嘴上帶著微笑，這印象實在太深刻了，我一直沒有忘記，這是最動人的情景。人總會有一天離開世界的，但妳用這種方式離開，已經比很多人有福氣了。中國俗語有云：「死在夫前一枝花」，這麼來說妳算是有福了，何況還有後父每天在家衣不解帶、親侍湯藥的照顧，直到妳住進醫院為止。

媽媽！妳是個勇敢的女人，妳為了養育我們，甚至下海當舞女，不怕別人譏笑，是十分令人感動的，我從來沒有看輕或鄙視舞女這個行業。在妳那個時代，對一個出身貧苦或家道突然中衰的年輕女子，需要獨自出外謀生，在舞廳裏做舞女，是一個不壞的選項，這當然要看個人的操守和舞廳的規格。最近我常和歐梵看網上的粵語殘片，當中不乏以舞女為題材的影片，這些角色也有好有壞，歐梵說在三十年代，上海舞廳也很普遍，大飯店經常設有茶舞，是上流社會人士常去消遣的地方，不少流行小說的場景都是舞廳，著名的作家如徐訏（他後來還是我的中國文學的老師），他的暢銷小說《風蕭蕭》中的主要角色就是做間諜的舞女！更不必提香港三四十年代的小說和電影了。這是歐梵極感興趣的研究題目，所以當他聽到媽媽妳的故事後，非但沒有看不起舞女的角色，而且還對妳肅然起敬，說是妳代表了一個時代的文化潮流。

哥哥也在妳的葬禮中說過，妳的故事就是一個現代版的《仙履奇緣》，那是一個人人皆知的西方童話，竟然發生在妳身上！當然，原來的「灰姑娘」故事主人公沒有貧困的過去，只是被後母虐待，後母的兩個醜女兒更欺負她，把她視為僕人，每天工作從早到晚，然而竟然參加了王子的舞會，保護她的仙女把她搖身一變，還其美女真面目，她的鞋子的典故就不必提了。所有童話的結尾都是：「他們從此永遠快樂地生活下去……」故事就完了，而妳的故事卻補足了這個童話故事：在和妳的白馬王子結婚後，苦難才剛剛開始！首先是訓練妳的英文和英國禮節，把妳這個香港來的「賣花女」訓練成貴婦，這不是有點好高騖遠嗎？難道妳真的擠進了倫敦的上流社會？妳只扮演了《窈窕淑女》（*My Fair Lady*）開頭的一幕，後來就沒有戲唱了，後父的花花公子形象畢露，開始拈花惹草，那是每一個受男人欺負的婦女的故事原型，我為妳不值，原來這就是「侯門一入深似海」的代價，後父最後回到妳的身邊照顧妳，只能說他還有點良心，回來贖罪的。

人生不是童話，也不是戲劇或小說，歷史更不是如此，妳生在一個「青黃不接」的過渡時代，舊的傳統價值——例如女子要「三從四德」——逐漸式微了，代之而起的是個人自由的選擇，但是又如何選擇自己的命運呢？妳的父親早死，家道突然中衰，外婆成了寡婦，不知如何是好，妳那時還是個不到二十歲的年輕女子，而且自己選錯了配偶，變成四個孩子的離婚婦人，自己只能勉強託外婆代養兩個，一個孩子過繼給他人，另一個被那個壞男人帶走了，作為一個女子和媽媽，妳的命運太慘了。直到現今，當我整理多年來寫過的關於妳的文章後，才感受到妳這一生的不平凡，值得為妳作一個小傳，也算是代表我對妳的永遠追憶。

媽媽！我相信妳現在在天堂過得很好，我替妳開心，我永遠愛妳！

第三章

我的故事

和哥哥一起長大

我生命中的第一個男人

我的哥哥是在我生命中最早出現的男人，我根本不記得生父，因為我生下來不久，媽媽就和他離婚了。我從一歲開始即與哥哥一起生活，那時大家都還年幼，彼此沒有什麼溝通，幾年後我們開始略懂人性了，他比我早熟，大概五歲那年已經開始拉著我的小手，到街上閒逛。那時我們住在廣州的九如坊，附近有一間忠孝寺，我們在寺外樹下互相追逐，哥哥性情比我活潑，人也和善，從來不欺負我，而我卻比較刁蠻，時常無故打他，他的身體比我壯，我打他的大腿來練力氣，他任我打，總也不吭聲。

當時的忠孝寺在廣州是有名的大寺院，平日香火很盛，每逢節日，寺內外擠滿了人，那兒的大雄寶殿也是很宏偉的，年幼的我看到佛像心裏有點害怕，覺得自己太渺小了。

哥哥帶著我在寺內走，他似乎一點兒都不驚慌，看來好像在遊花園般淡定。他告訴我在佛像面前要跪拜，我學著他的模樣合十跪拜，其實自己也不知道在幹些什麼事。回到家，外婆知道我們去了佛寺玩耍，她會豎起大拇指誇我們乖巧。

我哥哥出生的時候只在母胎裏七個月，已經趕不及要出來見世面了。由於出生太早了，外婆說他的體重特別輕，只有兩公斤多一點，頭顱小得像個橘子這麼大，真可算是先天不足，導致他歷來多病多痛。這可能跟媽媽懷著他時心情不佳有關吧！可是他卻特別聰明。

外婆重男輕女，對他特別寬容，但他卻不會恃寵生驕，反而處處護著我，外婆無辜打我的時候，他會為我說情，請外婆手下留情，所以我那時常常纏著他，可是他卻不喜歡和我玩那些女孩子的遊戲，我沒有辦法，只好拿著玩偶跟他說著話兒。

後來我們到了香港，情況有了改善，我開始唸小學，有了同學的陪伴，我開心多了。哥哥上的學校和我的不同，我們一起玩的機會更少了，幸而我們的親密關係並沒有改變。我上了中學後，數學程度很差，在沒有辦法之下央他教我，可是他卻往往表現出一副不耐煩的樣子，我的性情倔強，一怒之下丟下作業簿走了。我此後再不求他了，心裏想數學不合格算了，我犯不著受他的閒氣。

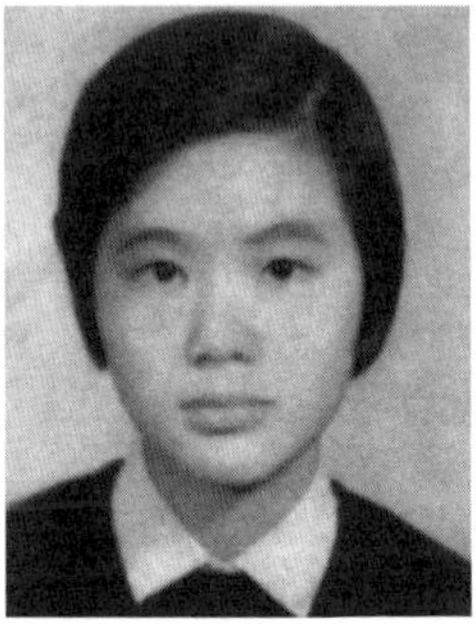

小學時期的我

和哥哥玩耍的兩三事

說到小時候我和哥哥玩的遊戲，最常玩的一種就是「醫生和病人」，通常我要哥哥躺在床上作病人，假裝輾轉呻吟，表現出痛苦的神情，我扮演醫生替他把脈，量血壓，並拿起一支木棒當作針筒刺在他的屁股上。我並且要求他大聲喊痛，說：「醫生啊，好痛好痛，唔好再嚟得唔得呀？」我點點頭說：「冇事冇事，過一陣就好啦。」通常這種遊戲我倆幾乎每隔幾天玩一次，每次玩都很滿意，年幼的我們都不了解病的痛苦，以為是件很好玩的事。

除了這種玩意之外，我們還喜歡玩別的遊戲。到了初一的時候，哥哥讀了一部中國古典小說《儒林外史》，書的前面有一個書生名叫王冕，哥哥把他的故事改編，加上一段情節，這回我扮演王晃的媽媽，在臨死時流著淚對兒子說一番遺言，說來有聲有色，似乎連自己也感動起來；哥哥扮的是王晃，也是痛哭流涕，泣不成聲。外婆在旁邊會說：「大吉利是，晨早流流，玩呢啲又生又死嘅嘢，有乜嘢好玩呢？」當時我們根本沒有想過什麼叫死亡，我以前見過鄰居姨婆的死，除了覺得死狀十分可怕，只是一種平常事而已。

我另外喜愛玩的遊戲是「扮新娘」。我小時候很喜歡把媽媽穿破了的拖鞋上的小圓珠拿下來，用線串成一串串的，把自己當作以前看過古裝電影中的小姐，把小圓珠串當作釵環，掛在頭上，走起路來，七彩的珠兒一閃一閃的，煞是好看；我又拿兩條毛巾，一條披在身上，一條圍在腰間，就成了一個千嬌百媚的小姐。哥哥作轎夫，雙手交叉起來，我坐在轎上，悠悠然地作新娘去了。那時我大概只有六七歲，哪裏懂得作新娘的滋味是怎麼樣的，還不是只模仿粵曲影片中的白雪仙和芳艷芬。

除此之外我也參加過哥哥一眾男孩子玩的「打波子」。波子就是一顆顆用玻璃造成的小圓球，圓球中間鑲了不同的顏色，哥哥們玩的時候用大拇指及食指用力把波子打進預先弄好的小洞裏，看誰打得準打得多，就算得勝了。但我每次都打不準，都是大輸家，到了後來就沒有興趣跟他們玩了，哥哥他們卻樂此不疲地玩下去。

還有一種遊戲是我和哥哥都愛玩的，就是拍「公仔紙」。公仔紙是大概兩吋的一張小紙，上面印有一些連環圖之類的人物，我們通常每人有幾十張，先拿十來張出來疊成一堆，然後用手放在地上，把公仔紙打翻反轉過來就算成功。如果公仔紙是全新的話，比較難辦，假若玩久了，紙身比較柔軟起來，就很容易把它打翻過來了。每次玩這種遊戲，我們都會把手弄得呵呵叫痛，但是痛過之後又再來玩了，似乎忘記了以前的痛楚。

小時候我和哥哥對於這些遊戲都很感興趣，在我們年幼時期，度過了不少快樂時光。到了初中三年級，大家的興趣都改變了，認為以前玩的東西太幼稚了，我們各自玩著不同的新遊戲，但是直到現在我仍然懷念著和哥哥一同玩的愉快時光，彷彿我們的幼年就是這些遊戲塑造成的，也許每一代人都是如此。然而我從來沒有聽過媽媽說起她幼年的遊戲，她也沒有哥哥和她玩耍。外婆呢？似乎在天津的玩伴是一個丫鬟，她們冬天下雪的時候會在院子裏打雪球。廣州和香港天氣熱，不下雪，也沒有打雪球或造雪人的遊戲。

現在我和哥哥都年紀老大了，身體狀況也大不如前了，我們的外婆、媽媽也相繼去世了。小時候我們唱過的一首民歌叫做《青春的小鳥》，第一句歌詞是：「我的青春小鳥一去不回來」，現在變成了我們心情的寫照。如今我和哥哥各自有了家庭，每天忙東忙西，擔心這樣憂心那樣，跟幼年時期的天真無邪比較，真是不可同日而語，唯一能夠做的就是力爭上游，上天賜給我們生命總是有祂的旨意的，我們惟有接受，努力地生活下去，做些利己利人的事，已經不負一生了。至於以後我們的命運會怎樣，不是我們可以控制的。這就是生命的意義。外婆和媽媽艱苦的一生都是這樣走過來的，她們可以，為什麼我們不可以呢？只要盡了力，問心無愧就是了。

哥哥帶我去看電影

小時候，我很少去看荷李活電影，反而哥哥喜歡看美國的戰爭打鬥片和日本的怪獸片。我和婆婆一起看的絕大多數都是古裝粵曲歌唱片，由任劍輝、白雪仙、芳艷芬、余麗珍、吳君麗等主演的。從他們的唱詞裏，我學會了很多古典文學的典故，尤其是唐滌生專為任白主演的歌唱片創作的曲詞，從中我認識了中國文字的優美動人之處。

有時候，我會用自己的零用錢請哥哥和外婆看這些歌唱片，他們當然樂於陪我去看。哥哥是男生，我想他也喜歡看別類的影片，例如戰爭片和怪獸片，況且他也有零用錢。一般來說他會偷偷地帶我去看他喜歡的戰爭片，我記得第一次看這類電影，不是十分喜歡，只看到銀幕上幾條軍艦在海上互相開火，炮聲隆隆，有的士兵被大炮或機關槍殺死了，我覺得很殘忍，看了一半已經不想再看了，但是礙於哥哥在場，而且他看得津津有味，還在拍手讚好，我也只好繼續呆在電影院裏。回到家裏婆婆問我們去了哪裏，我說出街玩耍罷了。看了這些電影後我都會在夜裏做惡夢，耳畔聽見砰砰的槍聲及炮火隆隆的聲音，嚇得我出了一身冷汗而驚醒了，旁邊的外婆問我說：「妳頭先大聲叫喊，見到咩鬼嘢？」我當然不敢告訴她了。

又有一次哥哥邀請我去看怪獸片，對於這個邀約，我初時有些保留，後來不想哥哥笑我膽子小，我勉強答應了。當時怪獸片大都是從日本來的，剛開場就看見一大群人在街上慌忙逃跑，怪獸巨大無比，模樣似龍非龍，後來才知道這怪獸叫恐龍。牠力大無窮，在東京的大街小巷自由走動，只要用牠的雙手一揮，大廈一下子就被推倒下來，一棟接一棟，像是一排排的玩具，被牠玩弄於股掌之上，人們慌忙逃命，高聲呼喊聲不絕於耳，整個城市亂成一團。很奇怪這次我一點都不害怕，反而看得十分興奮，跟著其他觀眾大聲喊好，為什麼我這次會不怕呢？可能我覺得那怪獸樣子很奇特好笑，是我從來沒有見過的。記得以前在玩具店見過一隻小恐龍，現在親眼在電影中看見了，覺得特別親切，到完場的一刻，反而有點捨不得離場呢！哥哥問我好看嗎？我說：「好好！你下次嚟睇，一定要再帶我去啊！」從此之後，每隔一陣子，我會問哥哥何時再去看怪獸片，哥哥說：「我最近手頭緊，以後有錢再同你去啦！」我聽後心中感到悵然若失，時常想著那隻名叫哥斯拉的怪獸，希望快快可以再見到他。

除了哥斯拉怪獸片之外，哥哥有時也會同我去看粵語武打片，這些片子我從前看過電視劇集，有金庸小說改編的《神鵰俠侶》、《雪山飛狐》和《倚天屠龍記》，還有其他很多的小說，改編成電影後，情節都十分精彩動人。我尤其喜歡《神鵰俠侶》中的小龍女和楊過的愛情故事，雖然當時還很幼小，並不知道愛情為何物，現在回想起來，小龍女的天真無邪、楊過對她的真誠，令我萬分感動。

昨夜跟歐梵看粵語長片《如來神掌》，故事雖然有些怪誕，看來卻十分有趣，彷彿看卡通片一般，我們竟然樂得哈哈大笑，虧這些電影人想像得出來，令人佩服。他們匠心獨運，故意不肯真實，任由個人想像遨遊於古代的世界，看來叫人神往。其實人生已經夠苦了，我們為什麼不可以藉著這些武俠人物的故事，來紓緩一些現實生活的苦惱呢？我倆看完兩三集《如來神掌》之後，以後會再找別的粵劇影片來看，因為歐梵以前從未看過香港這種電影，最近大半年來我介紹他看任劍輝、白雪仙、余麗珍、芳艷芬等明星，他雖然不太懂片中的廣東話，但依然很能投入，特別是富有家庭倫理意識的戲種，他從來沒有接觸過。他是個多元主義者，什麼語言和題材的影片，通俗與否，他照單全收，不但不抵抗，反而看得十分投入。

這都要多謝哥哥和外婆以前陪我去看這電影，現在我才可以有機會介紹給歐梵。哥哥也是個隨和的人，他什麼都能接受，這點與歐梵很類似，所以他們很合得來。記得幾年前，哥哥時常來香港的時候，我們每天晚上吃過晚飯後，大家坐在客廳看西方老電影，也包括中國內地新拍的電視連續劇，大家看得非常愉快，幾乎每晚必須看完一場或兩場，然後才滿足地去睡覺。偏偏沒有看任白等人的粵劇歌唱片，可能哥哥不像我這麼著迷於粵曲。

最近幾年，哥哥不能來香港看我們了，因為疫情嚴重，來不了，只有我和歐梵一起看，這是我們現在每天晚上的餘興節目。不知哥哥現在住在美國羅省（洛杉磯），和嫂嫂看的影片是什麼？我們在香港看，他在美國看，「海上生明月，天涯共此時」！

我們長大成人：梭椏道和信用街的「波希米亞」生活

與哥哥合照

外婆去世後，哥哥在梭椏道找了一間房子，租了兩個房間，我們兄妹各佔一間。那兒環境不錯，靜中帶旺，因為離開旺角不遠，可以方便找到吃飯的餐廳，以致梭椏道基本上是中等人家的住宅，我們能負擔得起那兒的房租，因為哥哥也是有好幾份替學生補習的教職，加上房東夫婦見我們都是純良的年輕人，所以收取的租金不高。我們住在那兒足有四年，完成了浸會的學業才搬走，在那一段青蔥的歲月裏，我們過得很愉快。那時哥哥每天除了替人補習之外，就是上課。

在浸會他結識了一位唸社會學的同學，他兩人感情很好，在週末一同出外玩耍，有時還帶上我。在七十年代，香港流行有歌廳，那兒多數請一些從台北來的歌星，當時有姚蘇蓉、青山、張帝、鳳飛飛，還有本地的鄭少秋、尹光等人。去的人一般都是以男人為多，哥哥和我一起去的時候，他覺得我是個女孩子不太方便，於是我會把頭髮束在頭頂上，戴上一頂帽子，扮作男孩子，我覺得十分有趣。

哥哥班上有一位女同學對他很好，有一天我走在街上，遠遠看見那女孩子和哥哥邊走邊聊天，初時沒有什麼特別的行為，但過了不久，我看見那女孩子把手搭在哥哥的肩膀上，我真是嚇了一大跳，我心想：她一定是喜歡哥哥了。說真的，我當時有些不喜歡這女孩子，我覺得她把哥哥給我的愛分薄了，但回心一想，哥哥有了女朋友不是很好嗎？以後多一個關心他的人。到了晚上他回到家的時候，我生氣地問他：「你今天見了什麼人？和誰出去了。」他告訴我：「我跟一個女孩子上街了，自己有點模糊的，也不知道自己是否歡喜她？是她作主動的，我不好意思撥開她的手。」我問哥哥：「你喜歡她嗎？」他說不知道，我覺得他就是這樣的一個人，凡事都讓著人，不好意思說出自己的心底話。過了一陣，他倆開始拍拖了，兩年之後他們就結了婚，後來生了一個女兒，自始至終我也搞不清楚他是否真的愛這女孩子。多年之後，他們離婚了，因為哥哥太為別人著想了，難怪有人說：因誤解而結合，因了解而分開，我哥哥就是這樣一個好人，我覺得他性格太隨和了，結果優點反成為缺點。我不知道他是否後悔自己的決定，但以我了解的哥哥，他是不會後悔的，因為他永遠本著吃虧就是便宜的原則做人，自己心安理得便成了。小時候我也時常欺負哥哥，但他從來不與我計較，我有這樣好的一個哥哥是我一生的幸運。

我和哥哥在浸會畢業後，搬出了梭椏道，剛好那段時間，我們的兩位表哥也想從父母家搬出來過獨立生活，於是我們四個年輕人，在紅磡區的信用街找到一伙房子，那兒環境清幽，有三個房間，其中兩間比較大，一間由表哥兄弟兩人合住，另外一間由我佔用，哥哥從來不計較，他用了最小的一間作臥室。那時，我們幾個人已經各自有了工作。我們入伙的時候，分配了四人應該負責的家務，我是個女孩子，很自然地我負責煮晚餐，其餘三人擔任清潔房子的工作。那時我在一間小學裏教書，哥哥則任職中學教員，其餘兩個表兄，一人為人師表，另外一人則在公司裏當經理。我每天到彩虹邨教書，下午下課的時候順道買菜回家，生活也算寫意。在那兒我結識了鄰座的一位日本籍太太，她嫁了一個越南籍的華僑，來香港開旅行社，專做日本人生意。他們的兒子很可愛，要求我替他兒子補習，後來我把他認作乾兒子。每逢週末，我哥哥的女朋友也來家幫忙我炒菜，她是個煮菜能手，燒得一手好菜，我們都十分欣賞。

我有了這個乾兒子，生活多了許多樂趣。每天下課後替他複習功課，他人很聰明，卻很懶惰，每次給他上課，他都很不專心，一時說背癢，一時說要上廁所，我真是沒他的辦法。到了週末，我會帶他和我媽媽去飲茶，買玩具，其實他媽媽給我的補習費，幾乎全花在他身上了，但我一點也不在乎。有的時候，兩位表哥會請我們回他們父母親家吃晚飯，他們說這頓飯是名為進補飯，表示平日我們在自己家吃得不夠好，回家有傭人煮好吃又多樣的佳餚，我們很幸運，也沾上了光。

過了一年，大表哥要返回美國繼續他的學業，其實，在他走之前，我們早已生了情愫，我們約定一年之後，我考完「托福」（留學美國需要的英文考試）就去找他。他走了，我仍在小學教書，哥哥也跟女朋友結婚了，遷出去住，剩下二表哥一人。他是個夜歸人，我每天夜裏實在有點害怕，考慮是否先把門鎖上，但又怕他夜裏回家按門鈴把我吵醒，那一年真是沒有一晚睡得安穩。幸好我有一位在浸會的女同學，時常來家探我，在我家住宿，排解我不少寂寞的心情，當然週末哥哥和嫂嫂也會來看我，也是樂也融融。一年後大表哥回港接我到美國南醫大唸書，結束了這段「波希米亞」的日子，是苦是甜，連自己也不知道，現在覺得大致來說是甜多於苦的。

中學及大學生活

伯特利小學／中學

伯特利是位於九龍延文禮士道的一間學校，距離我家十分近，我每天走路大約幾分鐘即可到達，它本來是從上海遷來的神學院，也附屬了中小學。我的整個中小學時期都在那兒度過，因為是上海遷來的緣故，所以大部分老師都說著帶有各地方言的普通話，對於我們香港學生來說，是有點兒不習慣。我們的同學為了學好普通話，互相監視平日跟同學老師溝通時是否以普通話交談，一旦發現不是的話，是要被罰款的，故此，我們平日說話都十分緊張，因為說普通話與廣東話實在太不一樣了，尤其那些捲起舌頭來說的話，真是困難得很，我們時常鬧了許多笑話。其實我覺得這種做法不太公平，那些從不同地方過來的老師，也不見得他們的普通話很標準，為什麼一定要求我們說得正確呢？據我所知，很多老師的語言都是千奇百怪的，他們有從福建來的，還有湖南、九江、浙江、哈爾濱，及至於廣州來的老師。

我記得上中學的第一天，上的是國文課，老師說的是福建普通話，已經是比較容易明白了，福建話也用很多古音，所以比較接近廣東話，我聽起來猜到一大半的發音，所以我認為容易接受。第一課的內容是岳飛的生平，他的故事耳熟能詳，所以聽來特別親切。這位老師很和藹可親，解說非常清楚，條理分明，他從頭到尾先把課文朗誦一遍，再引經據典，娓娓道來，我聽來津津有味，十分專心，生怕萬一不留神，就錯過其中一言半語，會令我損失良多。

因為我唸的是一所中文學校，故此對中文科特別重視，我在中學六年當中，從這位老師身上受益頗多，對於我後來進入浸會中文系，有直接的關係，由於這位老師給我的啟示，讓我希望在浸會能更上一層樓。

我在伯特利中學讀了十二年書，除了中文科老師給我很多啟發之外，當然也有其他很多科目，對我幫助也很大的。其次是英文課，是我最不喜歡的科目之一，卻是無法避免的。幸好，當時的英文老師明明知道我們的英文程度不好，仍然熱心教導我們。令我印象最深刻的老師有兩位，有一位名叫宋之真老師，她曾留學美國，學成之後歸國服務。我記得她的英文課是選用一部世界古代史作教材，她的教法非常認真，上課的時候先讀一段章節，然後要我們回家溫習，當然也會解讀一遍文法。到下一課的時候，就用 dictation 來考我們。我每次遇到這種情況都會非常緊張，她每讀一句，我必須把它記錄下來，她讀的速度很快，我時常只記得前兩三個字，已經聽不見下面的字句了，每次得來的成績都非常差。又有的時候，她要我們拿著書來朗讀，有好幾次因為我對讀音沒有信心，聲音自然很細微，她會要我站在課室的最後排，讓前後左右全班的同學都能聽見，對我來說實在是件很難為情的事，因為我從小到大都是個害羞的女孩子，我覺得她這種做法簡直是叫我受刑一般痛苦。一年下來，我的成績很不理想，只記得一些什麼古希臘文化、巴比倫文化、古印度文化，當然也有中國的。我當時不太喜歡這位老師的教法，但現在想起來，她是對的，從歷史中學習英文，真是相得益彰。

另外一位英文老師就是在高中二年級時，我們的藍如溪校長，她是九江人，英文發音卻非常精準，據說她從小被一對傳教士夫婦收養，在美國讀到博士，一生奉獻給教會，沒有結婚。她教書很認真，尤其注重我們對英文文法的訓練，每次要交一篇英文作文，她都一字不漏地批改，我的作文每次收回來之後，都被塗改得體無完膚，她要我們重新謄改一次，要知道自己的文章錯在哪裏，她也會罵我們，有種恨鐵不成鋼的心態。我雖然英文一直不是很好，但對於這位校長是非常尊敬的。她每天在我們進入校門前，就站在門口歡迎我們到學校上課，也順便檢查一下，我們是否穿著整齊的校服，尤其是女學生校服不能太短，男學生頭髮不能過長，這是學校規定的。有些愛漂亮的女學生，上學時裙子長度合乎標準，到了下課後又用扣針把裙子變短，來避過校方的檢查。

綜合來說，我在這一所學校受益很多。在品行上，老師以身作則來教導我們要敬虔上帝，尊重一切的人，努力向上，校方把我們一塊塊普通的石頭，逐漸磨成美玉。當然這就是看各人的吸收程度如何了。而且我們學校是男女同校的，所以我們從中可以學到男女如何相處之道。

說到男女相處之道，我們是比較懂得的，平常男女同學一起玩耍，當然玩的方式不一樣，男同學愛打球，我和女同學學習跳橡皮繩，也有踢毽子的；有時也同玩一種遊戲，但是一般都是男生聽女生的話。有一位中學老師是我的班主任，他是個虔誠的基督徒，每次上課都會帶上一本《聖經》，在上課時不讀，下課在教員休息室改卷完了才會誦讀。他教我們數學，每個月他拿自己的薪金一部分，租了一間靠近九龍城的房子，作為我們課餘溫習功課之用，那時我們有男女同學大概十來人在那兒溫習。我的數學比較差，其中有一位男同學教我數學，不知是否日久生情，他對我特別用心，但我卻沒有什麼感覺。到了中學畢業，他去了外面留學，有天收到他給我寫來的情書，我收到信後很害怕，問哥哥我應該怎麼辦，哥哥問我喜歡他嗎？我說不，於是哥哥說：「那妳應該告訴他了，不要傷害別人。」我回了一封信給他，我們是好同學永遠就是好同學，不要破壞這關係，他從此再也沒有給我來信了。據說他不久結婚了，就這樣結束了還沒開始就完了的戀情。看來我在男女合校的環境中，並沒有學懂如何和男生相處之道。其實我知道另外有兩位男同學也喜歡我，只是他們沒有表達出來而已，經過許多年之後，我才學識如何和男人相處。

有一天我放學回家，一不小心在馬路上被一輛電動車撞到了，剛巧基督徒班主任經過，他立即把我扶起來，帶我到醫院敷藥和包紮。那時外婆還沒有去世，她十分緊張，我住院的日子裏她每天都在，班主任也每隔一天就會來探我，外婆說妳這老師真好，那時我開始覺得班主任很疼愛我，或許是我開始學懂了一些男女之間的微妙關係，是老師對我產生了情愫嗎？抑或是我這情竇初開的小女孩自作多情呢？現在想，這可能是我的一種幻想，我那年才十來歲，哪裏知道什麼是愛情，他關心我因為他是個充滿愛心的基督徒，並非因為他愛上我，況且他已經是兩個孩子的父親了，是我自作多情而已。

幾十年之後，我再次見到他，是我剛從美國返港，他已經是個垂垂老矣的老人了，而且還患了男性罕有的乳癌。我算是見了他最後的一面，結束了我之前那段「少女情懷總是詩」的經歷。

對於我的母校，我是有一份很深的懷念之情，直至現在我仍然想到那些老師和同學。中學教育是十分重要的，從小到少年青春發育期，是人生中不可或缺的階段，對我個人的成長是不可或缺的。

浸會學院生活鱗爪

一九七〇年，我家發生一件大事，我的外婆忽然與世長辭，那年我才十六歲，我當然真的不知道怎麼辦。我和哥哥彷彿成了孤兒，雖然還有媽媽和後父，但他倆在英國，遠水不能救近火，我感到徬徨無依，幸而我有一個有能力的哥哥，一切喪事的細節，都由他一手包辦，那時媽媽因為事忙，也沒法回港奔喪。

中學時期

一切事情辦理完畢後，哥哥和我商量，我們兄妹應該如何打算，我中學畢業後，只做了兩個月教小學的臨時工作。我總不能在家無所事事，哥哥跟我說：「妳不如到大學讀書吧！」當時香港只有兩所大學，就是中文大學及香港大學，而兩間大學收生資格很嚴謹，很難考取，中學畢業的同班同學各奔前程，有的進師範學院，也有到護士學校的。而我卻因為年齡未足十八歲，只好退而求其次，試著投考當時不是大學的、由教會辦的浸會學院。我從中學開始就對中國文學興趣甚濃，於是進入當時不大有人願意入讀的中文系。

初進浸會唸書的兩個月，我仍然很思念外婆，無心向學，時常哭泣，睏了就會順手拿起一些以前買下的中文小說來閱讀，其中多的是白先勇及張愛玲的小說。這些書都是中學同學送給我的，以前我沒有機會讀，現在時間多了，我可以多讀他們兩位的小說，發現原來我是挺喜歡的，他們的文筆都是精煉而細膩。我尤其愛白先勇的小說，這與他自己的身世有關，充滿了家國情懷，一本《台北人》一部《紐約客》寫盡了這兩種人的細膩心情，我捧讀再三，愛不釋手，正所謂「飲酒聽炎涼，冷眼參風月」，道盡人生百態。沒想到我的丈夫竟然是當年白先勇就讀台灣大學外文系的同班同學，我們後來有機緣見了面，彼此一見如故，竟成了莫逆之交，我愛慕他，認了他作義兄，這真是前生注定的緣分。後來他送了自己選定的《紅樓夢》版本和他自己寫的《解說》給我們。說起來我中學時已經讀了《紅樓夢》這本章回小說兩遍，現在再讀，感受更深。至於張愛玲的小說，文筆非常精巧，她形容人物的外貌，眼耳口鼻的形狀表情特別精彩動人，她對於上海人的描寫入木三分，她的短篇小說《金鎖記》我一看再看，故事人物中的七巧那種變態行為，令我恨之入骨，她把自己的兒子當作私人財產，讓我髮指。

我到了浸會中文系過了兩個月之後，我的心情進入了正常階段，開始正式的學校生活。那時候的中文系女孩子比較多，佔了全班的三分之二。老師大都從內地來的，他們說的語言大多是普通話，這點我一點問題也沒有，因為我在中學已經歷過了，但是許多本地同學卻發生了困難。他們常對我說：「唔知佢哋講乜！」只好拚命地把黑板的字「搬字過紙」，但我這個人卻很懶惰，不大抄筆記，聽過了也是左耳入右耳出，到了考試的時候只好要求同學借筆記補救。

當時我們班上有十多個女同學最合得來，我加入她們的行列，一起吃午飯，有的時候下課去看電影，但是我們只和女同學交往，從來不理會男生，所以班上的同學稱我們是「十三怪人」，其實在十三名同學當中，我是年紀最小的一個，而且我也沒刻意不跟男同學交往。十三人的其中一人就是我在中學時已認識的曼莉，我們感情特別好，我把她當作姐姐看待。另外一個女同學的名字跟我很相近，她叫美瑩，我當年叫玉瑩。

她很懂得縫衣服，她曾經給我做了兩條裙子，我時常拿來穿。她尤其愛看安東尼奧尼（Antonioni）的電影，她把有關這導演的文章，都剪貼成一部集子，圖文並茂，當作寶物收藏。她早年父母雙亡，和一個姐姐同住。

浸會位於九龍塘的小山坡上，附近有個小公園，我們中午很多時候在那兒聚集，談天說地，度過很多愉快的時光。這些怪人中絕大多數都是沒有男朋友的，即使有也要經過大家過目，才獲得通過。我記得我跟表哥文正認識之後，她們也要我帶他去見面，我覺得沒有這個必要，但如果拒絕了，大概她們會不高興。我表哥是從美國留學回港度假的，他習慣了美國的民主作風，當然也不會答應她們的要求，我和表哥想法相同，也是不同意她們的做法。

快樂的時光總是容易過去，我們這十幾個女孩子，時常一起讀書，幾乎每日一起吃午飯，雖然間中有意見不同的時候，但彼此是年輕人，很快就會忘記那些不愉快的事情。我們過了四年快樂的日子，到了要分手的時候，我們臨別依依，大家相約到大帽山露營，在晨光初現時看日出，說不盡詩情畫意，我們各自早已買下一本書，送給彼此。我收到的一本剛好是我其中一個同學贈我的，上面寫著：「給你瑩瑩」，我收到時非常高興，可惜現在已經忘記了書名。我們十三怪人在吵吵笑笑中度過了四年的時光，多年後我在報紙裏寫專欄，特別寫過一篇文章尋找她們，卻沒有得到任何回音，我懷念她們給予我的美好回憶。

最值得懷念的是我在浸會一位好友，她以前常來我家過夜，我們秉燭夜談，互訴衷情，相約以後在美國見面，但可惜我到了美國後便尋不到她。據說她嫁了丈夫後，因為家姑對她不好，她忍無可忍之下，和丈夫離了婚，回到香港了。她有一個很好的媽媽，還有個自小跟隨她的家傭，父親卻是個很負心的男人，他時常出外花天酒地，結果染了性病，令她的媽媽也生病了，結果連家中的幾個姊妹都得去接受檢測。我順著她以前住的地址去找她，卻是不得要領，只好去問其他十二怪人，她們也是沒有辦法找到她，我非常失望，在一個無風無雨的夜裏，我舉頭望著一輪明月，希望菩薩指引。後來才知道原來她根本沒有離開美國，她住在侯斯頓的一個小城裏，他的大哥是個研究太空物理的科學家，生活過得不錯，雖然沒有找到她，但我祝願她永遠幸福。

我另外還有一個十三怪人中的同學姓陳，她是一個虔誠的基督徒，她在那時有了一位男朋友，大家起哄要求她把男友帶來「相」一下，她也同意，到了大家見了面，對他有些意見，弄得不歡而散。我想這是不必要的，應該像我一般拒絕她們才對。

我唸到二年級的時候，班上有一位男同學，興趣與我接近，都喜愛宋詞。他約我每隔一天下課後，一起留在學校一個小時，研究詞句，我當時仍未跟表哥來往，就答應了他。初時大家相安無事，誰知道過了半年，他開始品評我的衣著，我覺得他沒有這個權利，我跟他說：「你點解咁做，我又不是你的女朋友，你憑什麼管束我？」他立刻說：「妳應承和我一起讀書研究，就間接表示喜歡我啦！」我聽後很生氣，天下有這麼荒謬的事嗎？我如此說並沒有改變他的想法，只有停止和他交往了，從此他在校園見到我都會視而不見，這給我一個教訓：男女之間是沒有純潔友誼的。在往後的日子裏，我遇到好幾個對我有好感的男同學，都對我很好，卻沒有向我示愛，我知道他們只是單方面默默付出關心，這才是崇高人格的表現。

總括來說，我在浸會學院得到的知識不很多，因為我是個懶惰的學生，多年後才知道老師中不乏名師，但我只知道系主任徐訏，因為我歡喜讀小說，此外還有易君左都在校內頗有名氣。我現在才知道已經太遲了，少壯不努力，老大徒傷悲，是一點都不錯的。

對我個人來說，以前對中國文學的興趣偏向於詩詞歌賦。在中學時期開始，受老師的影響，時常背誦詩句，往往能琅琅上口，令我的性格非常內向，容易成了《紅樓夢》中的林黛玉，很容易傷感；當然也是和外婆對我隨性責打有關，以致造成日後幾十年的情緒

上：在浸會大學唸書
下：浸會畢業照

病，也影響我後來的兩段婚姻，對前後兩個丈夫都造成沉重的負擔，這是我一生的遺憾，也是我沒有辦法的事情。

到了浸會，我反而對現代文學的興趣比較濃厚，我覺得它比較貼近現今生活的世界；古典文學和我離得太遠了，只能從詩文中去了解，我感到有點空泛，倒不如接觸現今社會的現代文學來得扎實。但回心一想，文學是用心欣賞的，不需要講求實在，我何不把心胸放寬一點，兼顧古典和現代文學，於是我希望選修的課可以兩者兼顧，但浸會的課程還是以古典為主，涉及現代文學的課只有一門。我選了一門《古文觀止》，那位老師年紀比較大，他是一位仁厚長者，戴了一副深度近視眼鏡，樣子和藹可親，他每次上課時，總拿著一本舊的筆記，然後搖頭晃腦地唸著講義，一副自我陶醉的樣子。我想這本筆記一定是他的命根子，假如有一天我把那一本筆記偷掉的話，他是否仍有話可講呢？我只是想想而已，卻沒有這麼做，他畢竟是老師。上他課的學生很少，浸會的課室設計只有兩道門，前門必須經過老師的講台，後門則不需要，我們上課時都選定靠近後門的位置，他上課先點名，十幾二十個學生，到了下課時只剩下小貓三四隻，但到了考試時，學生忽然又多起來了。其實他是知道學生的伎倆，上課點名時，他會說：「你哋鍾意喺處，唔鍾意就出去。」他說的粵語有一種鄉音，聽來很有趣，我們喜歡他這樣做，因為似乎為我們找了個藉口，可以光明正大地溜走了。那時我們真的夠頑皮，實在他的學問真的不錯，只是我們年少無知，以為這位老師只是有趣而已，在那門課裏，我讀了很多篇《昭明文選》中梁朝昭明太子選的精彩文章，對我日後寫作非常有用，裏面的文體精簡有力，讀來見解獨到，但卻一點都不難以明白。我從浸會畢業後在芝加哥大學陪前夫讀博士時，在遠東圖書館借回家精讀，如今回想起來，才知道這老師其實是個很有學問的人，可惜現在為時已晚。希望這位老師不會責怪我們這班不肖子弟。

有一位老師是教李白杜甫詩的曾克端，他早年已經很著名，人稱他是江南才子之一，解放後他逃到香港，在浸會任教，一門課專講李白與杜甫。這位曾老師每次上課手中都拿著一部郭沫若的《李白與杜甫》，他自己很有才氣，但他教書的方法卻不敢恭維。他上課時就照著書本來唸，讀到好句子時，禁不住說：「好詩！好詩！」我當時不知道詩句好在哪裏，因為他從來不加自己的意見，當然也不解釋書中的意義。到了考試時要我們拿出一本詩韻，他會出一個命題，要我們各自作詩，他自己端坐在椅子上打盹，大概他當時年紀老邁，精神不濟了。我當時拿著《詩韻集成》，不假思索地寫出一首五言的詩句，我記得是這樣的：

獨行江上路，壓腦兩三星。孤舟懸客夢，冷月照孤零。

老師看了竟然拍手稱好，那時我得意極了，一時連他是個悶蛋老師也忘記了。

我本來是個真正活潑的女孩，只是自小被外婆壓抑，管得太嚴，現在老公鼓勵我有主體性，個性可以釋放出來了，其實現在回想起來，外婆對我的影響太大了，讓我的天份沒有機會盡情發揮出來。其實浸會的老師是十分不錯的，許多中國的著名學者都聚集在香港，當時香港只有中文大學及香港大學兩間正規大學，大部分有名氣的學者，都進了港大和中大，只有少數的學者進了其他的學院，他們有了這個機會，有的教書也頗為用功。其中一位教我們文字學的老師，高耀琳教授，教書特別用心，可惜他的一口江蘇方言，非常難懂，尤其是我，只有幾位學姐比較有耐性，聽得津津有味，筆記抄得十分齊全，我下課後只好借她們的筆記來抄。剛巧我的文正表哥對這門課特別有興趣，他把我借回來的兩位同學的筆記重新抄寫整理，結果成為一本最齊全的筆記，到了考試，我照背如儀，當然記得不夠完全，成績只拿了一個B-，其實已經不錯了，因為自己沒有用心學習。事後老師說我是個聰明的學生，可惜就是不肯用功，尤其是這門課更需要的是用死功夫，必須要背誦，不只是靠聰明就可以應付的，可惜我這個「BB女」當時一點自省的能力也沒有，這門關於文字和聲韻的訓詁學除了下死功夫之外，還要仔細分析文字的來源和結構。拿著成績表回家，被表哥訓了一頓，說他花了一番心機幫我，也沒有拿到好成績，我心想：成績又不是我可以控制的，我願意花時間讀已經不錯了。表哥雖然不同意我的說法，但是也沒有辦法。

另外的一門課是講《文心雕龍》這部書，可說是中國文學的批評史，是一部很難讀的書。這位老師教來很用功，卻缺乏一些生趣，要明白其中的道理已經很難了，如果沒有方法引起我們的興趣更是難上加難。我上堂時已經很用心了，可是他的講義太枯燥無味，叫我沒有興趣去深入了解書中深刻的意義，既然不明白其中真正的意義，我只好自己胡亂去猜度，當然沒有好結果。幸好這位老師很願意見個別到教員室請教他的學生，他會詳細給學生講解，這是不幸中之大幸，所以到學期末，還是可以有補救的機會。這件事從中讓我知道凡事要做到主動一些，不要等著別人來幫你，所謂「天助自助者」一點也不錯。

浸會的老師我最傾慕的是徐訏，他來自上海，在內地已經很有名氣。他教我們一科小說與戲劇，雖然他上課的時候，眼睛不看著學生，似乎有點害羞，以蠅頭小字寫筆記在黑板上，而且是依著一本教科書直說。我接觸過他兩次，我那時也學著寫新詩，他非常用心地替我修改，令我得益不少。他口中沒有壞人，當然也不批評人，據說他出身坎坷，後來來了香港教書。他寫小說的本事可大，一部《風蕭蕭》聞名全國，來港後教我們這些不肯用功聽書的學生，我想他的內心是孤寂的，沒有人欣賞他，幸好他能自得其樂。我畢業後他把大部分的退休金，用來辦了一本當代文學雜誌，出版了沒幾期，資金不足，沒有能力再辦了，我想他是鬱鬱而終的。現在回想起來真是有點難過，因為我當時沒有用心聽他講課，真是像他這種文人的悲哀。

我之傾慕徐訏老師，是因為他有文人的風骨，他辦雜誌，是為了保存中國文化，既出力更出資金，這種老師是非常難得的。況且他是我在浸會中文系中找到的唯一教現代文學的老師，他獨自一人在香港孤軍奮鬥，離鄉背井，連自己的妻子女兒都留在上海沒法見面，據說到他臨終前幾天才能把女兒接到香港，但到那個時候，他已經氣息奄奄了。

他對我影響很大，教我認識了現代文學的優美，況且他又是個詩人，他在修改我那篇不成新詩的新詩之後，還送我一本他新出版的小說《荒謬的英倫海峽》。這部書我一直保存到現在，直到前年我們從九龍塘搬到太古城時，考慮新居空間小，把大部分的書都送人了。

由於他的教導，我從此愛上了現代文學，懂得欣賞現代文學，沒想到我現在的丈夫李歐梵也是個教現代文學的教授。我和徐老師的師生關係雖然不長，我想是前生注定的，我和丈夫的婚姻也是如此。

當時我後父因股票賺了錢，我向他要了一千塊港幣，買了我早已想買的兩套書：《中國新文學大系》及《新文學大系新編》，我把書中的小說及散文作品，幾乎都讀遍了。這兩部書的資料，剛好補足我在浸會未學到的知識。在浸會四年，除了結交了十二位好朋友之外，留下的是對中國文學的一些片面知識和更多的內疚，因為自己在浸會四年，白白浪費了青春，沒有好好用功讀書，成績很是一般；我並不曾把握好好學習的機會，不然我會成為一個較好的作家。

少女時期攝於大會堂

美國留學生活

南伊大

在浸會畢業後一年，我到美國中西部的南伊利諾州立大學（Southern Illinois University，SIU）唸書。我唸的是社會系，與中文系截然不同了，我打從小學、中學、大學唸的都是中文，一旦到了美國唸書，全都是英文課本，真是一點也不容易哦！那我為什麼要選這個系呢？因為希望將來可以當一名作家，作為一個自由寫作人，可以在家寫作，不用返工，可是畢業後卻沒有機會當一名作家，我心想可能是我對社會的了解不夠深入，於是有機會在美國上大學就選了社會學。可是天不從人願，唸完社會系之後，仍然沒有成為作家，到了和歐梵結婚之後，在他支持、鼓勵之下，才開始寫作。這是後話了。

現在再回頭來說南伊大。它是一所州立大學，學生很多，多達兩萬個學生，我初到那裏的時候，夏天天氣很熱，冬天很冷，而且校園很大，樹木很多，環境幽靜，夜裏連一隻蚊飛過耳朵都可以聽得見。

我之去南伊大是因為那時已和表哥文正訂了婚，他在那裏讀碩士，我去是與他會合的，當然也要讀個學位。在那裏我認識了來自各國的不同的人種，可能那些人也和我一樣，因為該校收學生的資歷要求不太高，名額很多，被取錄的機會比較大。其實那時候以我的經濟能力是不可能去美國唸大學的。因為文正表哥認為我在香港浸會讀書不夠用功，成績不很理想，所以應該力爭上游。我初到南伊大讀書，遇到許多困難，因為我從小讀書都以中文為主，一旦書本全是英文，我感到十分吃力，尤其社會學的專有名詞特別多，我很難理解，又不可能每字每句都查字典，我只好去問表哥，但他卻一口拒絕。他說我要先自己去克服困難，如果再不成才去請教他。我一向是個倔強的人，自有我的傲氣，於是發奮讀書。我拿著書本去請教我的教授，那教授非常友善，他知道我從香港來，而且英文程度不夠，於是他很耐心地給我解釋清楚，我在感激之餘，把他的名字也叫錯了，漢堡格教授（Professor Thomas Burger）稱之為漢堡包（Hamburger）教授，把他嚇了一跳，幸好他沒有責怪我，我反覺得不好意思。

南伊大的學生中心很大，設備很好，那兒除了有餐廳之外，還有很多地方給學生休息，放滿了許多張大沙發。我每次到了那裏，都會把沙發兩張湊合成一張床的模樣，睡在上面看書，看了一陣書就睡著了，一覺醒來，有時要去上別的課，有時剛好趕上回家煮飯。表哥問我今天上課如何？我說在學校睡了近一個小時，他取笑我懶惰，我只好一笑置之，沒有多加解釋。

我這個人就是運氣不錯，有一門課叫「社會學入門」，我的同學當中有兩位東方人面孔，我坐在一個女孩子的旁邊。我看見她把教授講的每一句話都巨細無遺地一一抄錄下來，而我抄得很慢，上句忘了下句，下課後我跟她打招呼，她告訴我她是從香港來的，母校是聖保羅男女校，我知道那是一所名校，難怪她的英文這麼好，於是我怯怯地問她可否把筆記簿借給我，她一口答應了，於是從此我便成了「文抄公」。到了考試期間，我把筆記全部背下來，成績竟然有A-，我歡喜極了，請她吃了一頓晚飯，從此我們成為了好朋友。

表哥看見我拿了一個A-，他說：「你真幸運，你每天晚上十點就寢，你知道嗎？我第一次到美國唸大學的時候，每天晚上都讀書到半夜，聽見火車隆隆經過的聲音。」他還說我們是不能單靠運氣而讀書的，但我並不同意他的說法，我覺得自己也盡了綿力。

我在南伊大是和表哥同居一室的，雖然還未結婚，但為了省錢，這樣比較划算。那兒是一所公寓式的房子，名叫金字塔，在那兒我認識了兩位女性好友，我們有的時候相約吃下午茶，談談心事，也頗為愉快。但是在那兒因為品流複雜，我和表哥預備將來結婚用的金戒指及其他財物被偷走了，我們去報警，但是最後沒有找回，後來我和表哥的婚姻出現問題，不知道是否因為這是上天給我們的一個預警。不但如此，我煮了一鍋紅燒元蹄，也被偷去了，本來我是打算吃兩天的，留學生沒有時間每天煮菜嘛。從此之後，我只好每天煮菜，不然的話，又被偷去怎麼辦呢？

我到了南伊大兩年之後，決定和表哥結婚，參加我們婚禮的只有幾位同學，為的是我們都不很熱衷那次的婚禮。在結婚之前，我們的感情已經變差，本來應該早要結婚的，卻一直拖到最後，快要返港度假的兩個星期才做這件事。

我們在婚禮之前討論過該不該結婚，結果認為，因為我們在港已訂了婚，如果不結婚的話似乎說不過去，況且我去南伊大就是要和表哥結婚的，於是草草了事，現在想起來真的是做錯了，所謂勉強是沒有幸福的。其實在香港也有好幾位男生對我有興趣，只是我沒有看得上眼的，表哥又是個親戚，他爸媽很喜歡我，親上加親本來是件好事，誰知有了這個變化，我想這就是所謂的緣定三生。結果這段婚姻大家都不感到快樂，芝加哥九年陪讀生涯，表哥拿到博士學位，返香港教大學，我們才決定分手，平白浪費了寶貴的十多年！人生就是如此，西方說的人因誤解而結合，因了解而分手，真是一點也不錯。

在南伊大念書

哥哥也來了南伊大

我在南伊大呆了兩年半，拿到學位就離開了，隨著表哥到芝加哥繼續他的研究生生涯，我那時就成了個陪太子讀書的妻子。我們走後不久，哥哥也跟著來了，他和女友已經結了婚，生了一個女兒，一家三口來了南伊大唸博士班，他唸的是布料及衣服設計，拿了一個獎學金，公餘在披薩店做零工。他太太也在同學校唸書，讀職業傷殘康復科（Rehabilitation），女兒被送到幼兒園去，本來生活也不錯。

當時在同一學校讀書的有一位台灣同學，他很會燒菜，各種菜都做得不錯，尤其是北京填鴨，因我哥哥饞嘴，於是那同學常給他做這種鴨子，每隔幾天吃一回。吃了幾個月，哥哥的身體抗議了，有一天夜裏內臟痛得很，嫂嫂急忙把他送到醫院去，檢查結果是膽固醇指數高達六百多度，比正常人指數高出了許多，而引致胰臟發炎。醫生替他做了手術後，嚴重警告他以後要嚴禁吃油和肉太多的食物，那次他的生命幾乎保不住。他告訴我早幾天做了一個奇怪的夢，他從一條橋上走過，遇到一位老人家，告訴他要趕快離開那條橋，他就夢醒了。這條橋是佛家的奈何橋。

這樣的日子又過了許多年，大家都相安無事。豈知天意弄人，哥哥因為沒有上學，閒來無事，覺得生活無聊，那時嫂嫂已找到賭城雷諾（Reno）的一份工作，哥哥平日是不愛賭博的，有一天竟然到家附近的賭場賭錢。頭幾天贏了很多錢，於是生了雄心壯志，繼續下注，結果把原來的本錢都賠上了，還欠了賭場一些賭債，他沒有辦法，只好宣佈破產。因為太太在州政府做事，哥哥怕連累太太，於是只好主動提出離婚，女兒也跟著太太生活，他隻身跑到三藩市當地產貸款員，過著孤單的生活。幾年後文正取得博士學位了，我們返港後沒有兩年婚姻也失敗了，我患了憂鬱病。兄妹隔著天涯海角，受著苦，中間失去音訊許多年。

直到我們再次見面的時候，其間我受盡折磨，我想他也不會好到哪裏去，幸好上天憐憫我們。我們第一次在三藩市再見面，哥哥的頭髮已經幾乎脫光了，剃了一個光頭，歐梵還說哥哥活像一個和尚，他一定是個和尚托世的。那年（二〇〇四）歐梵剛從哈佛退休，在三藩市買了一棟房子，從此哥哥給我們看管房子。可憐的哥哥在我們還未買房子之前，無家可歸，只住在貸款公司的椅子上，他說之前因為長期坐在椅子上睡覺，腰也直不起來了。於是我們停留在三藩市兩個星期，到各處買家俬及一切日常用品，把新居一切安頓好之後才返港。房子後面有一個不大不小的花園，他也要替我們除草澆花，這是一件不容易的工作，況且他是個男人，對於這些事情可能不太合適，是沒有辦法中的辦法。

從此以後我們一直保持聯絡，過了一年哥哥從美國回來看我們，他來我們家後，每天給我們買食物、生果、蔬菜，一般他自己吃得很清淡，但會在超市給我們買各種已經煮好的餸菜。他住在我們家非常客氣，歐梵坐的椅子他也不會坐，後來經我們再三勸告，說我們是一家人了，他才肯坐下來。他就是這麼一個會為人著想的人。

如是者他每年來港探我們一次，過了幾年，他在一個偶然的機會下，認識了一位女士，經過半年之後，他們結婚了，家住洛杉磯。可是，他不會因為有了新家庭而捨棄我們，他依然來探我們，但因為他的新太太有工作，沒法陪他來。直到數年前，他的太太退休了，我們覺得他應該花時間陪太太，他夫婦倆應該有自己的生活。直到前年（二〇一九）香港疫情嚴重，要來香港更困難了，需要隔離三個星期的時間，是件很麻煩的事情。所以我們決定要他暫時不要來了，等疫情放緩之後再來，至今我們已經有兩三年沒有與哥哥見面了，這是沒有辦法的事。我們的親情並沒有因此疏遠，我每天靠手機和他通訊息，要多謝現代科技的發達，希望我們有朝一日坐飛機到美國相見，因為他是我唯一的哥哥。我和哥哥的故事，我原原本本交代到現今。

在芝加哥大學伴讀的日子

芝加哥是我在美國逗留最長的一個城市，是一個我既感到滿意，卻又不大開心的地區。從一九九〇年我初次踏足芝加哥大學伴讀，直到表哥拿到博士學位，在那裏我度過了我最寶貴的十年。

在那段青蔥的歲月裏，我度過了一些美好的時光，也有更多的不快樂及遺憾。人對於美好的日子是比較容易忘記，反而對於不快的歲月，卻是永誌不忘的。將近十年的日子裏，總會有許多事情發生，回想我首次踏足芝大校園，看一棟棟的哥德式建築，十分宏偉，牆上的顏色都是淺灰色，我想多年以前可能是深灰色，由於歲月的沖洗，灰色變得更淺。

灰色予人一種不大好的感覺，那時我還年輕，一點都不曾感覺有什麼不好；如果有的話，只是有些思念香港的感覺，我希望文正表哥快些畢業，我就可以返港了。另外我比較不喜歡住大城市和那裏的生活習慣，住在南伊大的一個小城時，生活十分簡單，每日除了上課，就是回家煮飯，看一會兒書，就很早上床安寢了。

芝加哥大學是美國名校，與我以前的州立大學，無論師資及學生的質素，及其強調的精英教育，真是太不一樣了，我禁不住生了一點自卑心。況且表哥交往的同學都是博士生佔大多數，平日在家聚會，手中拿著酒杯，談話內容都是學術問題，我只有聽的份兒，根本插不上嘴。而且芝大是個陰少陽多的學校，我如果要找到一位女同學談天，真是難乎其難。我不是一定要找女人才可以溝通，但男生比較不容易了解女兒家的所思所想，更何況我又不是他們的妻子或女友，他們才不會理會我呢！

故此，我初到芝大時，心境是孤寂的，表哥平日忙於上課，有時在圖書館打零工，回家吃過飯又得溫習功課。他根本沒有時間陪伴我，我遇到任何困難，都得自己解決，久而久之我成了一個獨立自主的女性，這都是被逼出來的堅強性格，而非天生的。

這樣的生活雖然我從小女孩開始已經習慣，可是我現在已經成長了，而且來了這個大城市，我要求比較活躍而有趣味的生活，一點也不過分，於是想到一個採取主動的方

左：與文正表哥
右：我在芝加哥

法。每逢到了週末，我願意出錢出力去邀請一眾的同學來我家作客，為他們花數小時的時間，在自家的廚房裏煮皮蛋瘦肉粥、炒肉絲麵、星洲炒米粉，既可以解決他們的鄉愁又可以大飽口福，我感到十分開心。故此那些同學縱然在大雪紛飛的日子，哪怕地上積雪高達一呎之深，也願意開著他們的破車，來我們家裏享受幾個小時的溫暖，大家邊談學問，有時摸著杯底，暢所欲言，試問有什麼比這種感覺來得快樂呢？這種聚會一直維持了許多年，幾乎直至我們離開芝大前兩年。我現在回想起來，心中也有種甜絲絲的感覺。

有了這個我們稱之為「粥會」的活動，我從中認識了好多朋友，雖然男多女少，但是他們都會向我傾吐心事，告訴我誰喜歡誰，我彷彿成了他們的戀愛顧問，我能有此榮幸，當然是義不容辭的事。後來我在他們討論學術的時候，也能插上了嘴，有時還刻意坐在他們旁邊聆聽，學到我以前不曾學到的知識，我感到自己的生活充實多了。芝加哥的生活水平很高，表哥當時只取得免學費的獎學金，生活費則由我們來籌謀。表哥功課繁重，每月只能在遠東圖書館工作二十小時，所得薪金不足以維持家計，其餘的則需要由我來負擔，而我當時又不被政府准許找一份正規的工作。我只好自己想辦法賺錢養家，幸而那時還是個年輕的少婦，可以應付繁重的工作壓力。

當時得到友人的介紹，在商學院的小咖啡室找到一份工作，每天上午九時至下午三時。我在那裏的工作是預備三文治的材料，如剝生菜，切番茄，分配各式肉片的重量，也負責賣咖啡及包三文治，最繁忙的時間是正午十二時至下午二時。顧客大多以商學院教授及學生為主，也有其他學系的人，但為數不很多。平時名聲如雷貫耳的大教授均為顧客，我有幸為這幾位獲得經濟學諾貝爾獎的教授服務，一睹他們的風采，真是不勝榮幸。

那時我除了在那裏打工外，還在家裏自製一種咖喱角，送到學校的各咖啡店寄賣。咖喱角的做法費時，我每星期需要到附近的超市購買大量的材料，例如麵粉、牛油、牛肉碎、洋蔥和咖喱粉。我們沒有汽車，我每次去買材料，都必須拉著一輛鐵做的小車子，走上十分鐘的路。在冬天的冰天雪地上拉著車子，一不小心就會滑倒在地上，那時我幾乎每年都會摔上幾跤。

我每星期都得做二百隻咖喱角到店裏去，絕大多數時間都由表哥陪著我走路去，遇到他在考試期間，我只好自己送去了。每天除在商學院打零工，回家還要做咖喱角，有時遇到要趕著送貨的日子，心理壓力是頗大的，可是為了生活，再辛苦也得捱下去，只能從週六和同學的聚會中得到一些安慰與休閒的時光。

我在商學院工作了三年，後來因為他們不再辦這小店了，我只好另謀出路。我這人的好處是腦筋靈活又不怕辛苦，我想我可以替別人打掃房子，於是我們在學校及附近的住宅大廈的地下室貼上廣告，不久就有很多位客戶找上門來了，而且大多數是猶太人。芝城是個猶太人聚居的地方，猶太人在各方面的才能也很優秀，芝大的教授也有不少是猶太人。在初時的客戶只有幾家，後來越來越多了，我的生活又再次忙碌起來了，況且我還在做咖喱角，更是忙得不可開交，幸而大部分的僱主對我也很不錯，他們覺得我為了陪伴丈夫讀書，願意出來打工，實在是件不容易的事。其實那時我自己也有不開心的時候，因為自己在學校裏得到的知識不能應用在工作上，而是靠一雙手來賺錢，雖然生活過得不錯，但是心靈上總有一點遺憾，得不到滿足感。可是美國政府政策如此，我們是沒有辦法的事。但有的時候我午夜夢迴，會偷偷躲在被窩裏飲泣，以紓緩一下自己的情緒。有一次我偶然在校園壁報板上，看見一個有關心理學習的課程，是由一位心理分析師，教人如何紓解及了解自己內心的感受，我想可能對我有幫助，於是我去參加了。到了那裏，才知道是一個心靈分析師對看一個病人，教他們一個方法去了解自我的內心想法，從而去了解自己、幫助自己，我去了幾次就沒有再去了，這種方法對我幫助不大。那時我年輕，自覺性和主體性都不強，我並沒有找到人生的意義是什麼？總是覺得自己的生存價值就是照顧好丈夫的生活，那就是自己的生存目的，從來沒有想到自己的需要，我真不知道別的人是否也如我一般的想法？

現在回想起來，我在芝大伴讀的那些年，我也應該到學校去繼續深造，多獲取一些知識，可能我會對自己多一點自信心，對待自己好一些，可是人生就是需要在不斷追求中，才可把自己鍛煉成一個有用的人。

那時候我雖然沒有再進大學讀書，但是表哥卻時常告訴我，他在班上學到關於哲學家柏拉圖、亞里士多德的知識，我每天也在他面前讀幾段英文的文章，他每次都會糾正我的發音，讓我英文有所進步。遇到我們有爭執的時候，他從來不會跟我吵嘴，只是心平氣和地和我討論，我們的矛盾在哪裏，每次他都會花一至兩個小時的時間跟我分析，我本來就是個很感性的人，聽了他一大堆的分析，覺得沒有這個必要。如此兩個思想相異的人，相處在一起十餘年，實在不是一件容易的事。到了我們返港之後的第二年，我們終於和平分手了，可是我們還是十分關心對方，他也時常來探我，他不愧是個君子，我們從來不在朋友面前說對方的壞話。

在芝大的生活，我雖然很忙碌，但我也十分喜歡芝大的校園，那兒的建築物全是哥德式的，牆上長滿長春藤，很是好看，綠油油的一片。在萬里無雲一片晴朗的下午，我下班之後，總愛躺臥在草地上，優悠自在地享受著蔚藍色的天空，耳畔傳來陣陣的鳥兒吱吱的嗚聲，把我心靈的千愁萬緒一掃而空。這是我最快樂的時光，故此我差不多每星期起碼有一至兩次，容許自己來享受這短暫的寧靜。

那時候我兄嫂在南伊大唸書，他們一家大概每個月來我們家一次，每次來，我嫂嫂負責煮菜，我也樂得清閒。表哥跟姪女玩，我和哥哥聊天，那時兄妹雖然分隔兩地，感情還是沒有改變，他對我依然是和少年時代一般親密。由來好事偏多磨，哥哥因為喜歡吃肥膩的食物，患了胰臟炎，進了醫院動手術，醫生警告他以後不能再吃肉類，油也不能多吃，於是他每次來我們家吃飯的時候，都會把食物放到一個碗子裏先「洗澡」一次，才敢往嘴裏送，我真是替他擔心。

後來我應芝大的同學要求，給他們煮飯，每星期五天的晚上，我那時更是忙上加忙了。我這個人是個慷慨的人，覺得收了他們的伙食費，一頓飯起碼煮幾盤菜，才對得起他們，每天花盡腦汁，要想不同的菜式，真是費煞周章，但也從中得到了許多燒菜的靈感。當時歐梵也是我的座上客，他自動付出比學生多出一倍的費用來我家搭伙，我每天除了買咖喱角的材料，還得買煮菜的各種食物，真的感到有點吃力。當時來我家搭伙的同學還有一位叫邵祺，他在芝大唸比較文學系，他來我家吃飯，我不收他的費用，因為他負責教我英文。他教英文非常用心，常介紹一些當時在美國很著名的雜誌給我唸，還給我分析其中的意義，叫我獲益良多。歐梵和邵祺特別談得來，他們都是古典音樂樂迷，在吃飯時談得也投契。

到了週末，不用工作的時候，我會一個人坐火車到芝加哥市中心，去那裏的大百貨公司閒逛，順便買些衣服，事後在店裏的餐廳吃下午茶，吃件蛋糕，喝杯咖啡，令自己心情舒暢一點。有的時候走到百貨店對面的小衣服店，在裏面試衣服，也買衣服，但是不曉得為什麼每次買完衣服回家，頭都痛得很，我要在浴缸泡一個多小時才稍為舒服一點。我猜自己是因為心裏感到內疚，明知道買了這麼多的衣服，也找不到什麼場合可以穿上，只是心裏感到空虛，買衣服來填補一下罷了。

我想自己那時的心情是很複雜的，說自己不開心嗎？也說不準，開心嗎？當然也不是。幸好當時跟我住在同一棟結婚學生宿舍裏，我認識了一個從香港來的黃美霞，她和她丈夫都是芝大的學生。她很喜歡唱粵曲也喜歡跑步，她的聲音比較低，她愛和我一起唱歌，她唱的男聲，而我唱的女聲，兩人合唱，剛好是一生一旦，非常好的配搭，我們會用錄音機錄起來，有空的時候，互相檢討是否唱得拍子準確。偶然我們也會一起到外面吃頓午餐，她為我解去不少煩憂。其實我在芝大的時候，帶了四套任白的粵劇唱片，每天做咖喱角的時候聽，煮飯時也聽，慢慢地我把這四套劇的曲詞都能背誦下來了，只要聽到上一句就能接到下一句，從中我找到許多樂趣，也學到許多古典文學的遣詞用句。直到現在我和歐梵返港長居，我仍然愛看任劍輝的電影，可能是受到當時多聽這些唱片有關。

表哥是個理想主義者，他去美國唸博士，是一直想回港當個教授，他說：「十年樹木，百年樹人」，教育下一代是他的責任，到了他拿到了博士學位，他決定在香港的一間大學裏申請職位。我「嫁雞隨雞」，跟著也返港了。返港後的半年我實在不太習慣，香港生活節奏太快了，人們大多沒有禮貌，到街外走，一般人都不會讓人；而且香港人也比較勢利，我在美國就是替人打掃家居，一般都不會被別人看不起，可是香港人就不大一樣了，他們覺得一個受了所謂高等教育的人，一旦當了家務助理，他們都會鄙視你的。

我離開芝大之前，黃美霞特別約了我，在校園跑了幾圈，她說要讓我記得那兒的一草一木，和校園的路徑，跑步完了，還在校園的一間小咖啡室喝咖啡，之前我做的咖喱角也是在這裏寄賣的。然後到了我們走的那天，美霞拉著我的手，送我們到飛機場，我們依依惜別，互相擁抱一番，大家眼中都含了一泡淚水。沒想到多年之後，我因為婚姻失敗了，而自殺了好幾次，有一次我開煤氣爐自殺，傷了膝蓋，她特別回港來我家照顧我，連自己在港的家人也沒有通知。可惜多年後，我們失去聯絡，一直沒有見面，我記得的只有和她一起唱粵曲的快樂時光。

我在芝大呆了近十年的時間，是我人生中最寶貴的日子，是我在那裏浪費了青春嗎？我想不是，是我忘記了青春，歲月是不會饒人的，現在回想起來，感到很幸運，我在那裏學懂如何做個堅強的女人。往後的日子裏，我沒有忘記芝加哥城及芝大，它給予我人生中非常值得珍惜的日子。

媽媽和我在芝加哥

情緒的色彩：我的自白

從小到大我不是一個手腳靈巧的人，唸小學時期的美工課上，我的成績平平，頂多拿個乙等，尤其勞作一課，我時常做不出老師要求的樣式來。至於繪畫方面，更是潰不成軍，往往畫虎不成反類犬。幾十年過去了，我還做著同一個惡夢——我交不出畫作，被老師責罵。

直至千禧年，我和歐梵結婚了，婚後半年，多年來跟我纏繞不清的抑鬱病，又一次找上門來了，原來幸福愉快的日子，被極度低落的情緒牽扯得痛苦萬分，度日如年。幸好半年後我回到香港，被一位中醫治癒了，而且改奉了佛教，從此走上修佛之路。

情緒改善了，對周遭事物的興趣轉濃了。隨著丈夫到歐美各國旅遊，遂有機會參觀博物館、美術館，擴闊了我對藝術欣賞的眼界。各種藝術品之中，我對於繪畫，尤其喜愛。我之愛畫作，是因為我對顏色特別敏感。在未開始著手畫畫之前，我把對色彩的敏感能力花在穿衣服的配搭上，故此我穿的衣服色彩繽紛，配色也大膽，無意中也啟發了我作畫的風格和色調。除了穿衣，連帶我的烹煮方法，同樣愛把不同顏色的蔬菜，湊合在一起炒將起來，既富營養又悅目，當然味道更是可口。

說到畫畫這玩意兒，是從二〇〇五年的時候開始的。〇四年的秋天，歐梵從哈佛提早退休，返中文大學教書。我們決定在香港暫時住下來，我的情緒病逐漸安定了，但我原來容易焦慮緊張，當然不可能完全變得輕鬆愉快。為了多花時間照料家務，我把工作辭掉了，專心做個全職主婦。當主婦說閒是閒，但雜事卻又是挺多的，況且太閒了也會有閒愁的。那段期間，我看的畫多了，常生起對畫家的傾慕之情，如果自己也能提筆畫出一幅幅美麗的圖畫，那是多麼令人神往的事情啊！

回溯在波士頓的時候，有一次我由於好奇，闖進一個畫素描的教室去，跟一位美國老師學素描，買了炭筆畫紙，冒著大雪，上了兩小時的課，就沒有再去了，覺得看著石膏像畫人像，實在太沉悶了，是我沒耐心呢？抑或是老師教得不好之故呢？我想是前者原因多些，更重要的理由是：我這人不肯臨摹別人的作品，以前學書法也有同樣問題，不肯讀帖、臨帖，及研究書法。結果我寫我的字，帖放在一旁，當然沒有進步了。

幾年前，我們去台灣大學，歐梵當客座教授，這一段日子我閒來無事，朋友帶我去師大美術系一位老師的畫室，學靜物素描。老師在我前面放置了兩隻橘子，要我依樣描下來，他的課是兩個小時的，我花了一個鐘頭的時間，已經把橘子畫畢了，樣子卻是一點都不像眼前的物件，無論形象顏色都走了樣。我心灰意冷之餘，心中更感厭煩，耐著性子捱過了兩小時，決定逃課，以後再也不去上課了。

由於我沒有耐性，始終沒法為畫畫打下技巧的基礎，因此我只能胡亂塗鴉作我的畫了。二〇〇五年，有一天我忽然想作畫，跑到文具店買了水彩顏料及畫紙，回家畫將起來。平日我很喜歡抬頭觀看雲彩的變化，柔柔的白雲化成各種各樣的形象和色彩，引發起我無限的想像。初時只畫浮雲，捕捉變化多端的雲彩，畫多了，把河、湖、海也畫進去，增加了畫面的色調。我認為雲和水的顏色可以隨意配搭，無須依循一定的法則，雲彩可黑可白，也可以染紅染紫，著藍著綠，更可以隨自己的喜好而更換。海水的顏色何嘗不是如此？於是天啊，海啊，畫個不停。畫了大概兩個星期，直至開始感到厭煩了，就停下來，竟然過了大半年，沒有提筆作畫了。

二〇〇七年歐梵的友人畢克偉和他的夫人李湄來訪，她在美國大學教書，也是個藝術家和畫評家。我把自己的塗鴉之作給她看，她鼓勵我繼續繪畫，強調我不需要找老師教授畫畫技巧，她說：「你是個隨性的人，老師的教導反而阻礙了你的創作力。」我同意她的說法，從此更是肆無忌憚地胡作非為。我是個懶散的人，做事情沒能堅持用功，時常採取一曝十寒的方法，十年下來，往往是每隔兩三年才花二十多天的功夫作畫，每天兩三個小時，可以完成十多幅作品。十年下來，也已經積存了近二百幅了。

作品雖多，佳作闕如，勉強能拿出來展示的，不過寥寥三十幾幅而已。近兩年來，我作畫的時間較之前多了，是因為我寫作的心情淡薄了。專心靜下心來寫作比較不容易，原因是平常生活裏雜事太多，出外旅遊的次數頻密，打破了日常生活的固定節奏，要隨時靜下心來寫感受，是不太輕易的事。隨意作畫玩弄顏色，反而是件賞心樂事，每當心緒不寧的時候，就拿起畫筆，隨意在畫紙上胡亂塗色，下筆之始，尚不知描出來的是什麼樣的一幅圖像，隨著自己的意念流動，色彩的調配，畫筆的移動，沒超過二十分鐘的功夫，一幅橫看豎觀均可以的畫便完成了。

作畫的當下，我神思專注，只是眼睛盯著畫紙，不隨著心念移動，顏色的配調也是隨心所欲，信手拈來，不需作任何理性的分析。畫作完成了，滿心歡喜地接受它，欣賞它。在如此的一段作畫過程中，心境從煩躁逐漸進入平靜，最後是滿足與喜悅的，我覺得沒有任何事情比作畫來得更自由自在，抒懷歡喜極了。自幼在外婆嚴厲管教下，我養成了一名對自我要求甚高的完美主義者，在生活細節上，很講求循規蹈矩，一旦認為某件事情做出來會利己利人，定會嚴格要求做到最好，也要求親人做到如我一般。如此一來，精神會很緊張，不夠從容自在了。可幸在作畫這件事上，我找到了紓緩的方法。既然畫得有點抽象，不需要求細緻的筆觸，也不理會畫來像與不像，只要隨心所欲地著色，運筆，用心去畫就可以了，不需要依循任何法則，更不用顧慮別人是否歡喜，自己開心就成了。故此，從畫畫的過程中，我的情緒無論是喜是悲，都得到完全的釋放。

我之作畫，純粹為了自娛，從未想過有機會顯示在觀眾面前，現在還標出價錢出售，在此，我想解釋一下這想法的始作俑者是我的丈夫李歐梵，他提議說：「如果你的畫有人欣賞，出售後的收益，你分文不取，可以在杭州成立一個支援情緒病患者的基金會，是挺有意義的一件事情。」我也同意他的想法，我患憂鬱病多年，一直十分關注身邊的同路人，如果有機會為他們做些事，盡點綿力，實在是件有意義的事。

為什麼在杭州呢？因為幾位杭州的朋友是內地最早發現我的塗鴉之作的有心人，特別是文化企業家鄭昀和曉風書屋的老闆姜愛軍，他們為我籌劃安排在他的書店中率先展覽數十幅我的畫，後來棲霞藝墅的金曉霞女士也加入了，對我鼎力相助，也在她展覽館同時展出，此舉令我實在感到萬分榮幸，他們更為我的畫出版了一本書，名叫《心靈的風景》。另外一個我要感謝的人是我的丈夫李歐梵，他是第一個欣賞我的繪畫的人，多年以來，每當我畫好一幅畫，就立即拿到他面前讓他看，他的反應通常是「小隱惡大揚善」，往往大聲讚好，我對於作畫的自信心，由此大大提高了。

以上這篇文章本是《心靈的風景》的前言，此書的簡體字和繁體字版是在二〇一八年出版的，一晃四年又過去了，想不到二〇一七至一八年在大陸和台灣開了七八次畫展後，一八年夏天我突然感到極度疲憊，心情突然從亢奮的巔峰跌倒低潮，我的憂鬱病又復發了，反反覆覆竟然拖了三年多，我的繪畫衝動至今沒有恢復。

二〇二二年十月五日

心靈的風景：詩十三首

在浸會讀書期間，我只寫過一首新詩，徐訏老師親手修改。下面的詩作，純係得自我的幾幅畫的靈感，也是隨興的習作。

菩提心

她的身上插了翅膀　喜歡在花間飛舞
尋找花蕊　傳播花粉
滋養花朵　她到處飛翔
在
花叢　樹林　山巒　湖泊　沼澤
所到之處

以
溫情　理性　安慰　諒解
說之以理　動之以情
令
心花怒放　讓花解語
她
拈花微笑　飄然引去

那天

【歐梵看了我的畫　作了這樣的一首詩】

我翱翔於雲層之上　星光燦爛照耀了半邊天
宇宙在我的腳下呼喚我　仰望穹蒼
看見一朵小白蓮

【今天　我為自己的畫寫下了一段文字】

閉目養神片刻　隨意擠出五色油彩
信手拈來一支筆　隨心在紙上塗抹
筆鋒跟著意念遊走　走到那兒是那兒
不刻意控制思緒　不介意畫的模樣
不要求色彩是否調和　不刻意求功
任由色彩自然糅合　任由筆端自由走動
頃刻間　一幅美麗的畫面悠然呈現在眼前
我的心情充滿了愉悅！
感恩上天賜我這支「神來之筆」

去我執

過去　總以為自己比誰都不幸
比誰都不開心　比誰都重要
比誰都了解自己　比誰都愛自己
現在　卻發現自己原來是幸運的
原來是很快樂的　原來自己一點都不重要
原來並不了解自己　原來並不愛惜自己
如果要活得快樂自在　就得
放下自己　原諒自己
愛惜自己　信任自己
寬待自己　放空自己

執著自我　是一切煩惱的來源
放下自我　是一切喜樂的根源

圓

偶爾拿出來一張圓形紙　心想著圓滿
勾畫出遠融有致的人間風景
或山峰　或湖泊　或花草樹木
或日月星辰　或天與海
色彩繽紛　或明或暗
或紅或綠　或鵝黃或翠綠
光影晦明之間　隱藏著黑暗中的神秘
顯露出光明裏的幽暗　誘人生起無限遐想
它可以是桃花源　也可以是宇宙洪荒
看著想著　進入禪修
以心觀圓　始得圓滿

圓滿之三

2017
33 x 33cm
宣紙彩墨

圓滿之五

2017
33 x 33cm
宣紙彩墨

心無罣礙

【有一年的某一天　義兄白先勇捎來一部
奚松師兄的《自在容顏》　白描三十三觀世音菩薩聖像
及《波般波羅蜜多心經》　白兄題了：玉瑩放心】

菩薩的慈悲像感動我　心無罣礙
無罣礙　就無有恐怖
遠離顛倒夢想　究竟涅槃
三世諸佛　經文撫平我焦躁的心靈
原來就是如此簡單　心放下
放在菩薩的腳下　就像那天在海南三亞
抱著他的腳　許下心頭願望
當下心境一片澄明　心無罣礙

那時

少年十八二十時　我寫了這樣一首舊詩

獨行江上路　壓腦兩三星
孤舟懸客夢　冷月照孤零

如今　到了耳順之年
我畫了一幅畫
人間四月天　我和老伴搖櫓西湖
夕陽西下　金光燦爛
灑滿了一身　溫暖了我倆的心
岸邊傳來吱喳的鳥鳴聲
喚醒迷醉的心神　回到美好的當下

萬水千山

青山渺渺　綠水迢迢
柳綠花紅開遍了　一重又一重的山峰
雲霞蓋過了　一疊又一疊的峭壁
綠水被朝霞染成了
金光與絢紅的色彩
遇到烏雲滿天的大白天
綠水變得污濁　不帶一點光彩
人生的遭遇　何嘗不也是
時而色彩斑斕　時而烏雲滿佈
若以平常視物　每天都是風平浪靜
看山是山　看水是水

星光

如果　你若看星星
燦爛的星星　明亮閃耀的星星
一定要在黑暗而寧靜的夜晚
或舉頭望天　或仰臥在草地上
以澄明的心靈　以清澈的眼睛
接觸祂
祂會告訴你一些不為人所知的故事
那就是星星的秘密　宇宙的奧妙
你的心胸會豁然開朗
不再執著那些瑣碎繁雜的塵世事
因為你知道　祂的存在是
自有永有　無量無邊
高不可測　深不可量
我們這些凡人　又如何能明白祂呢？

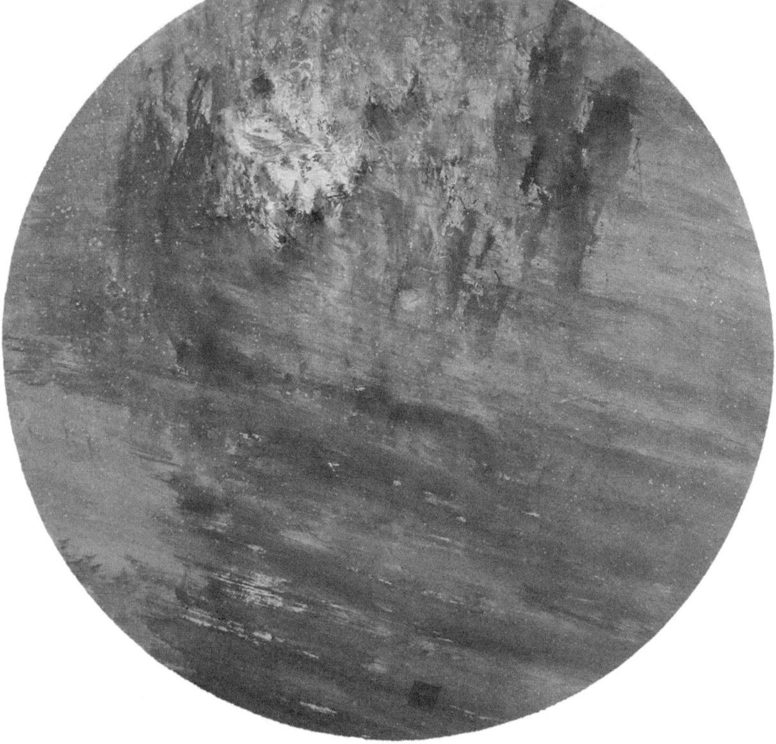

圓滿之六

2017
33 x 33cm
宣紙彩墨

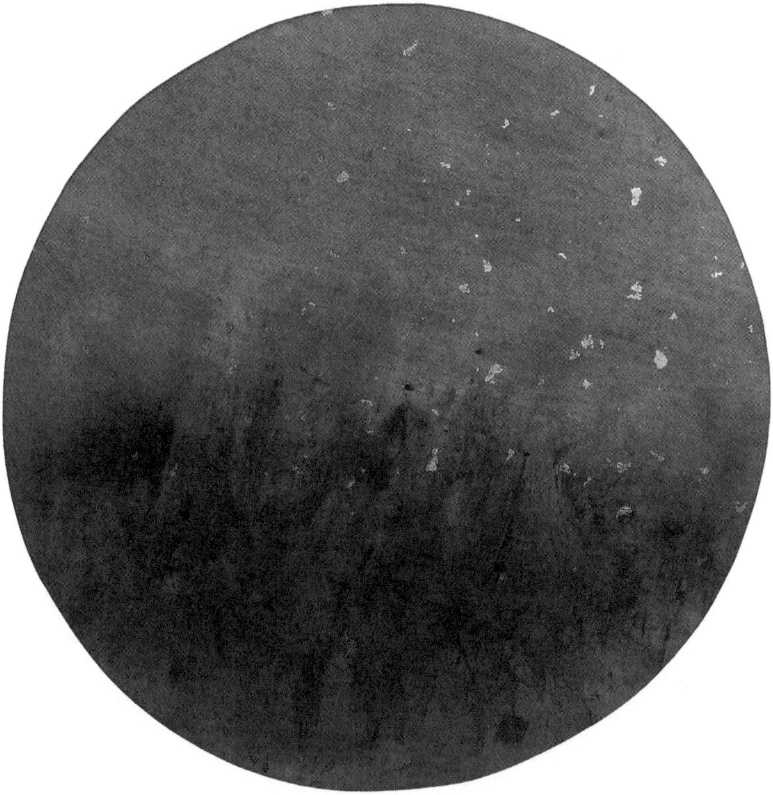

圓滿之二

2017
33 x 33cm
宣紙彩墨

生老病死

生

甫出生　即走進死亡多一步
有生必有死　生易無喜
死亦無悲

老

生長日漸久　顏面必然衰敗
如花之缺水　如草之缺養
不復昔日之光華

病

軀體久失衡　氣血虧損
心疲氣弱　一片衰敗之象呈現
此乃自然境況　宜以平常態視之
人生本是無常
有健康之時　當有病之時

死

死被稱為往生　非永久消失人間
是輪迴世再復來　以舊軀換新體
豈不快哉
故死不可悲　生不可喜
然乎

逐香之三十二

2017
85 x 35cm
宣紙彩墨

希望之光

獨在黑夜的森林裏趕路。看不見前路，腳下沼澤阻道，眼前荊棘滿途，我踽踽而行，四野無人，耳畔傳來蟬鳴鳥叫之聲。舉目仰望天空，朗月與星星眸著我走，溫暖了我的心。行行重行行，忽然看見前面不遠處，透出一道明光，於是，我朝著有光的地方前進……

一顆心

從前　長有翅膀的一顆心
飛到一個小女孩身上
她　敏感　善良　純真　溫柔
而後人生滄桑虛度
磨難此起彼落
她　傷心欲絕　決心求死

委屈存活　雖生猶死
十年鬱結意難忘　蒼天有意憐芳草
千里姻緣一線牽　絲蘿尚幸託喬木
而後
她　自信　自重　自愛　自在
失去的心又再次飛回
卻換來一顆　菩提心

海天一色

我是天空中的一隻鳥　整日翱翔在長空
天空愛穿各種顏色的衣裳
白的藍的金的　有時候是灰黑色
我獨愛　白色　藍色
一陣風吹過　白雲攏在一起

堆成一座座的小雪山
風又來了　融化了白雲
藍色爭出頭來　染滿了一片天
俯瞰大海　看見了
綠色　灰色　有時藍色　甚至褐色
微風吹拂　睡眠起了皺紋
陽光照耀　波光現出鱗片
我希望　天空永遠蔚藍　大海永遠平靜
自己永遠自由

叢林

我走進一處茂密的森林裏
尋找心靈的歸宿
腳下泥濘滿路　荊棘攔著道路

陽光擋在樹林外
我踽踽而行　艱苦盡嚐
沒有看到出路　心下惶惶
舉頭仰望長空
在漆黑的夜晚中
看見了　一輪明月
點點星辰
引領著我走出一片叢林
邁向遠方前進

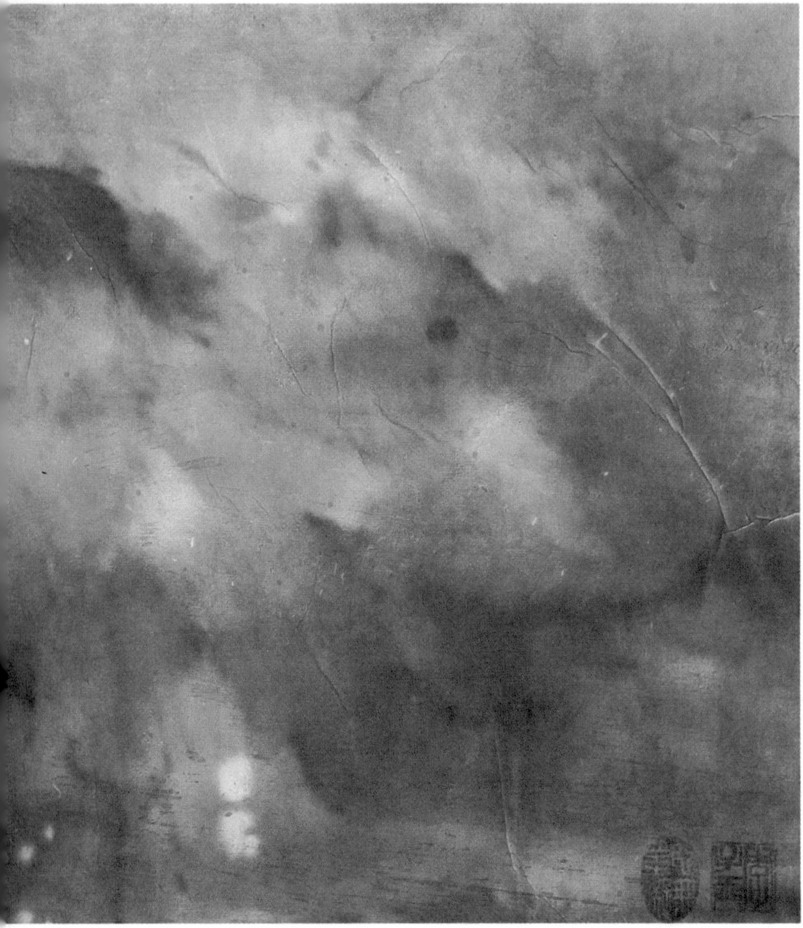

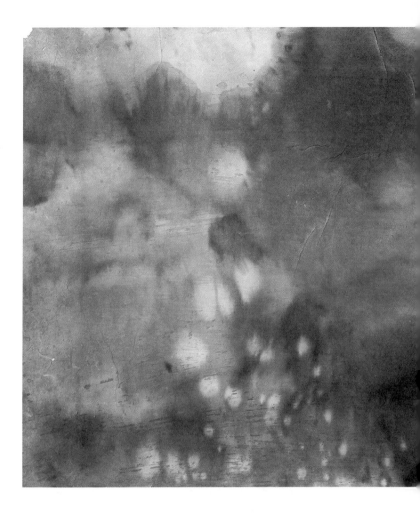

逐香之四十八

2017
70 x 35cm
宣紙彩墨

生老病死的體悟

第一次看見死人的時候，我只有五六歲。我媽的一個好朋友的姨媽去世了，我外婆跟這姨媽很熟稔，我們是鄰居，平日時常來往。有一天外婆說姨婆患了重病，快要死了，我們到醫院見她最後一面。在醫院的病床上，我看見一個瘦弱不堪的老婦人，她面色枯黃，兩隻眼球凹陷在眼窩裏，一點神彩都沒有，活像一尾死魚的眼珠兒，臉腮子深深地挖了一個洞似的，一排牙齒突了出來，露出嘴唇外，急促的呼吸聲有如被拉動的抽氣爐，但見她的嘴唇在抖動，卻無法聽見她在說什麼。床前站了好幾個人，其中一位是牧師，這牧師特別趕來為病人祈禱，並舉行臨終前的洗禮儀式。我依稀記得牧師問姨婆說：「你是否願意接受主耶穌基督做你的救主？」姨婆微微點頭稱是。牧師在她臉上灑了幾滴聖水，然後宣佈說：「從現在這一刻開始，你就是上帝的女兒。」之後兩天，她就離開了這個世界。最重要的是，她的遺體安葬在華人基督教墳場裏，這是她要信奉耶穌的目的。

過了幾天，外婆拉著我參加姨婆的喪禮，在一片抒情寧靜的聖樂旋律中舉行了辭靈儀式。蓋棺之前先有瞻仰遺容的程序，年幼無知的我，迷迷糊糊地跟著大人們繞著棺材踽踽而行。每個人都往棺木看上一眼，有人快速地瞄一下，也有人停步仔細端詳，有些是邊看邊哭的，也有幾個甚至激動得呼天搶地地哭將起來。輪到我的時候，我也依著人們的做法，認真地看著木棺中的姨婆，但見她的身體明顯地縮小了，活像一個小小的木頭人，眼睛半開半合的，臉色粉白中摻雜了一層淺桃紅色的粉末，彷彿被硬生生地貼在臉龐上，看來十分不自然。嘴唇翻了起來，幾顆門牙遮蓋不住了，似乎要爭先恐後地擠出來，顯得猙獰可怕。

就這麼一瞄之後，往後的幾天夜裏，我常睡不安穩，姨婆的遺容總是在我眼前晃動，直到現在，幾十年過去了，那影像依然清晰可見。從此之後，假若我不可避免參加親友的喪禮，我一定不看遺容的，甚至連媽媽的最後臉容也不看一眼，我只想記得她活著時候的笑容，是我不願意接受她已死的事實嗎？抑或是怕她的遺容改變太大了，磨掉了我對媽媽原來美麗而慈愛的面容印象？

首次面對死亡這回事，原來是可以如此深刻的。年幼的女孩子，心思是細密的，純粹受到視覺的刺激，已經可以轉化成內在恐懼感。當時我看見姨婆的體型改變了，而且變得太厲害，平日和藹可親，一臉笑容的老太婆，為什麼一下子可以變成一個完全陌生可怕的形象呢？外婆告訴我說：「姨婆患了骨癌，什麼東西都吃不下，瘦得剩下皮包骨，唉！人人都會死，我希望自己將來可以有個好死。」聽了外婆的話，我對死亡似乎多了一些認識。哦！原來每個人最終都會死去，只是死的方式不一樣而已。外婆時常生病，她是不是也會突然死去呢？往後的日子裏，每次遇上外婆生病的時候，我都會憂心忡忡。她每次生病會發出呻吟，每一聲呻吟都會牽動著我的心弦，我一邊替她捶骨，一邊向上帝祈禱，請祂不要讓外婆永遠離開我。

但是世事往往不能盡如人意，十多年之後外婆有一天真的死了，這一天終於降臨在我的身上。

這次死亡跟我真的走得很近，它把外婆的生命奪走了，猶如摧毀了我的生命一樣。第一次看見鄰居姨婆的死，心中只起了恐懼；這次除了害怕，還感到捶心的傷痛，心臟好像有人用火燒紅了的鐵柱焊了一下，從此我的心房多了一個烙印，永遠無法復原，隨後的半年日子裏，我幾乎茶飯不思，整日呆在屋子裏捧讀著一本又一本的小說。那時我在唸浸會學院中文系，原來敏感而內向的性格，多讀了那些傷感的文字，更加觸動了我的悲觀情緒，逐漸成了一個「對花懷想對月傷情」的少女。人往往偏向於情緒化，我沒有理性的思考，對於任何事情的發生，很容易以心去感受，忽略了訴之於理的程序。

對於外婆的忽爾去世，我當然也不懂得探討死亡的問題，只以為死神是來和我作對的，他沒有得到我的同意，突然把外婆的生命奪走了，讓我一下子變成了孤兒，我無法面對和接受這殘酷的現實。其實我不應該責怪自己看不透死亡的問題，試問哪個少女懂得？人生是需要歷練的，從困苦中才可以逐漸領悟出真理，何況也不是必然每個人都有這種慧根，大多數人終其一生都是如此愚癡，無法覺悟的。

以我來說，從少年到中年這段漫長的日子裏，一直被困在病與死的愁苦中。疾病並非跟死亡有直接關係，即是說患病不一定導致死亡，但肯定會令情緒憂鬱。抑鬱的情緒大多會影響健康，當我患情緒病的那十幾年，身體的毛病特別多，不是這兒痛就是那兒痛。初時以為身體健康出了狀況，三朝兩日到醫院診治，檢查結果總是沒事。可是，我並沒有相信醫生的話，一旦身體有任何不適，又一次懷疑自己的健康出了問題。如是者不斷地求診，不斷地失望，最後把自己的精神弄至面臨崩潰的狀態。到了最後，我的心理輔導師告訴我，我患了嚴重的疑病症（Hypochondria）。起初我還是不肯相信他的話，直至有一天，我在大學的書店買了一本關於流行心理學的書，解說許多家庭主婦，平日在家被繁瑣的家務纏繞，缺乏正常的社交生活，容易與社會的事務隔絕，造成自我封閉的心態。由於朋友稀少與人際的溝通相應少了，久而久之，自信心當然缺乏了，沒有自信心，人越來越變得不快樂，結果患情緒病的婦女特別多。

我讀了這本書才恍然大悟，我的情況和書中的美國家庭主婦很像，那時我在美國唸完了大學，前夫到芝加哥大學唸博士班，我做了陪讀的妻子，每天忙於打零工，以接濟家庭生計，收入雖然不錯，但是這種工作畢竟只靠勞力，不用腦力，做得再好也沒有成就感，心靈空虛，長期的委屈感使人變得越鬱結不歡，情緒無處發洩，都推到身體裏去，周身的不適其實是心中苦悶的表現。年輕時代的我自覺性不夠，並不知道身心健康是互為因果的，只知道身體不適就去醫生處做體檢，完全忽略了自己的心理愉快與否？於是弄到自己的生活亂成一團，進而影響婚姻的不和諧。多年之後，終於以離婚收場。這是一個現代夫妻的典型收場，然而婚姻的結束所造成的傷害，是十分巨大的，首當其衝的就是心靈的傷痛，一種痛徹心脾的痛，導致我此後十年的憂鬱歲月，離婚後那十年簡直是我人生中最黑暗的時代。十年後能幸存下來，遇上現在的丈夫，過著幸福美滿的生活，實在感恩不盡，感謝上天的賜予，故此，我每天都心存感激地過日子。

回想當時的艱苦日子，心中猶有餘悸。那時候我剛進入中年，所謂「人到中年萬事哀」，這句話不見得對，但對於當年的我很適用。我的婚姻失敗，落得孑然一身，我不願面對和接受這個事實，明明是獨居，但在同事面前仍然假裝著自己是有家庭的女人，盡量減少聯絡新知舊雨，怕他們知道我的婚姻狀況。情緒處於極度低落之中，絕不向人表現出來，於是越壓越深，到了最後，人變得麻木不仁。這種麻木指的是自己的感覺遲鈍了，對於周遭發生的事情，完全失去興趣和感覺，活像一具行屍，每天在滾滾紅塵中踽踽而行，不哭不笑，不悲不喜，心在跳動，卻沒有了感覺。唯一能感受到的，就是身體的痛苦，腰痠背痛伴著我，胃痛不離棄我，還有各種各樣的疑難雜症困擾著我，憑著身體的不適，才讓我知道，哦！我這個人仍然存活在這世界中。

其實令我最痛苦的莫過於自殺的念頭。歷來我都是一個恐懼死亡的人，從來沒有想過這問題，更不曾與人議論過這個問題。我想當年我之信奉基督教，只因相信耶穌為了我的罪而死，我可以因祂的死而得新生命。只要我接受耶穌的救贖，死後就可以上天堂。年輕的我，沒有仔細考慮死亡究竟是什麼一回事，後來經歷到外婆的離世，我的悲哀情緒壓抑了恐懼，索性不去想它，也就是逃避它。到了我的抑鬱情緒控制了整個人的時候，我似乎被病魔附了身，再也不懼怕死亡，我以為人死了，可以一了百了，知覺沒有了，痛苦隨著消失了，死亡反而成了救贖，把我從痛苦的深淵提升起來，被接送到無知無覺的世界裏，我不要再受苦了。故此，我可以無悔無懼地，連續四次實行結束自己生命的行動。

事過境遷後，很多人稱讚我的行為很勇敢，有人說：自殺需要很大的勇氣，我絕對做不來。我對自己的自殺行為，曾經反覆思考和疑惑。最後的結論是我是個懦弱的女人，我沒有勇氣面對橫在眼前的痛苦事實，才狠下心來結束自己的生命。其實我是個極之自私的人，沒有責任心，因為我當時極之痛苦，很想盡早了斷自己，絕對沒有想到親人的感受，我以為自己的死亡，並沒有影響他們，地球依然照樣運行，人們依舊營營役役地過著生活。我只想到我對自己的生命負責，沒有想到媽媽生了我，為了她我也應該繼續維護好自己的生命，而且我跟媽媽是血肉相連的人，我一旦死去媽媽能夠不傷心嗎？我太自以為中心去思考事情了。在不斷自我摧殘的那些日子裏，我似乎發了瘋，情緒失去了自制能力，每天早上睜開眼睛，病魔隨即跟著我說：「你活在世上太無聊了，你趕快去死吧！死了什麼都不知道了，不用再受苦了」。

於是，我一次又一次地自殺，失敗了再試一次，每次的籌劃都是在清醒的精神狀態下進行，絕對不是一時衝動。以我一個如此懼怕死亡的人，為什麼可以如此坦然地面對它呢？為什麼沒有疑惑的念頭呢？如此持續的毅力和勇氣，我以為是一種神奇的力量在推動著我，要我經歷這一番鍛煉，從而知道生命的重要。以前沒有珍惜它，是我輕視了自身的存在價值，上天賜我們生命，都必須經過生老病死這幾個階段，縱使我們害怕，也是無可避免的。

我以自殺來達到死亡這階段，看來是不自然的，就是有違天意的行徑。當時我還未達到老年的階段，只是個中年人，在疾病的折磨下，身心變得疲累不堪，顯得未老先衰，鏡中的自己，形容枯槁，頭髮脫落，牙齒動搖，全身的皮膚乾皺，活像一個乾枯的蘋果，最要命的是我感覺到自己一對乳房鬆垂下來，像洩了氣的皮球貼在胸前。這一切外在的表象，讓我觸目驚心，心想：我四十歲未到，怎麼可以老成這樣子的呢？向來愛美而自戀的我，實在無法接受。既然老了，病了，我提早選擇了死亡，當時看來是自然不過的行為，我以為生老病死在半年內經歷了，豈不是很乾淨利落嗎？可是，我的人生並不是安排得這樣，我存活下來了，原來有另外一條活路可走的，套用一句話：「柳暗花明又一村」。現在我明白了，我將來一定會死，是自然地老死，而不是像這種「跳級」的死。

經歷過那段因情緒病而導致身體提早老化的經驗，我發現自己是無法面對和接受老年的，為什麼我不願意接受老年呢？這是因為我沒有看破生命流轉的程序，我沒有參透人類從出生的第一秒鐘開始，生命的長度就往前縮短了一秒的道理。所謂有生必有死，生與死之間經歷了老和病，這是一般自然現象，有一些不幸的嬰兒，沒有機會多活一天就夭折了，或者很年輕、沒有經過老年就死去了。

「好生惡死」是一般人的想法，但凡家裏添了孩子，都視為好事，然而這種喜事在我家不曾有過。我媽媽結婚兩次，生了哥哥和我，還生了兩個男孩，一個被前夫帶走了，另一個過繼給一個姨媽，我從此見不到這個弟弟，令我十分傷心。也許是因為這個原因，我結婚兩次，都沒有生孩子。我哥哥生了一個女兒，她長大成人結婚後也生了兩個孩子，但他們的誕生，我不曾見著，故此，對於生下一代而產生的喜悅我較難體驗出來。

話雖如此，我的母性並沒有泯滅，有一次在友人家中，見到一個剛出生兩個星期的女嬰，她是一個在香港出生的尼泊爾人，她媽媽在友人家中當幫傭，懷著女嬰的時候無家可歸，友人收留她，到她生下了女嬰，仍然願意留下來幫忙家務。那天她媽媽在廚房燒菜，我出於好奇心，把孩子抱在懷中，孩子很乖，不哭不鬧，睜開一雙清澈烏黑的大眼睛，怔怔地看著我，不時咧嘴而笑，一雙耳朵貼在臉腮旁，耳珠子很厚大，活像彌勒佛的耳垂，一頭水柔柔的黑髮微微捲起，令我忍不住輕輕撫摸她的頭顱。不知怎的，我看著這個新生的嬰孩，心中悠然升起莫名的感動情懷，不知不覺中我的眼球濕潤了。雖然這孩子去向未明，她媽媽是家傭，她跟著媽媽可以留在香港，如果媽媽離開，她是無法取得居留權的，但是一個單親媽媽，又有誰願意長期僱用她呢？當時我憐惜孩子的處境，心中戚戚然，但孩子的一臉稚氣，隱隱有著佛光的加持相。先不理會她將來的命運如何，但她的存在確實令我感到生命的喜悅。我珍而重之地抱著她，仔細看著她的一舉一動，我的這種喜悅是從未經歷過的，刹那間勾起了我要當母親的衝動。難怪有人說：「有子萬事足」，我想就是這種心靈的滿足，大於世間的所有物質享受。生命是珍貴的，它給予人希望和安慰。眼前這孩子，大概以後再沒有機會看見她了，在那短短的擁抱中，彷彿我們心靈一線通，我頓時覺得這個孩子給我的訊息是一種生之喜悅，我感謝她讓我知道生之可貴，我過去的自毀行為是愚蠢的，從今以後，我要勇敢面對困境，熱愛自己的生命。

佛家說：「你如何生，你就可以將來怎樣的死去。」我想生的意義不單止生命，也廣泛地指出該如何生活。最近我的憂鬱病又復發了，竟然拖了三年之久，在那漫長的歲月裏，我根本不知道該怎樣應付生活，日子過得混亂一片，我的心掉失了，每天拖著空空的身軀混日子，猶如行屍走肉一般，人還活在世上，心思意念早已飛到九霄雲外。我不知道為什麼存活，對人生沒有目標，沒有指望，周邊發生的事，我漠不關心，只知道自己的生存是多餘的，我的生與死跟別人無關重要。我的心被關在極度痛苦而絕望的牢獄中，鎖得死死的，在獄中我看不見任何亮光，連一絲的光也沒有，猶如活在地獄中，可以說是「雖生猶死」，周邊發生的事，我漠不關心，那時我感覺活着與死亡只是一線之差而已。總算上天可憐我，讓我再次克服了憂鬱病魔，存活了下來。過去幾年的生活瑣碎經歷，都深深地印在我心板上，它磨煉了我的意志，提升了我的勇氣，令我遇上困難時，多了幾分洞察力，明瞭人生本來如此；有逆境也有順境，有喜也有悲，人無法控制，只能在經歷中不斷磨礪自己，修煉自己，讓自己在離世之時，盡量達到放下自我的境界。

給老公的信

其一

老公仔：

你記得嗎？大概約十年前，有一天晚上我和台灣來訪的奚淞師兄及另外兩三位朋友，一同到中環吃晚飯，那晚你剛答應了到尖沙咀文化中心聽音樂會，說好完畢後各自回家。這種事情很少發生，因為我們平常活動都是形影不離的。

我記得那天奚淞師兄來港是為了商討關於他開畫展的事，需要討論的細節很多，我們酒足飯飽之後，大家談得興高采烈，又轉到附近一間咖啡店飲咖啡，一時忘記了時間的飛逝，到了談完分手已經是接近午夜時分。那時我還沒有手提電話，只有傳呼機，而且我這人有時聽不見耳機的聲響，因而誤事。

到了我回到家的時候，已過了午夜，看見你一人坐在偌大的客廳裏，旁邊只開了一盞立地燈，整個客廳顯得暗暗的。你聽見門鈴響聲，立刻衝前開門，而且很激動地擁抱著我，眼中含著淚說：「妳剛才去了哪裏？為什麼這麼晚才回來？我牽掛妳的心都快掉下來了，妳知道嗎？我剛才差點兒報警了，急忙之中又打了長途電話到美國妳哥哥家，還有妳表哥文正，他們當然不知道妳在哪裏，也不能幫忙我找到妳，我只是一時慌亂了才會如此做。」

在那一刻我非常感動，把你抱在懷裏痛哭一番，從那時候開始，我曉得彼此都非常需要對方，一刻都不能離開，我後悔那天晚上為什麼沒有想到給你打個電話，就可避免讓你虛驚一場。

老公仔！不知道什麼原因，十年前發生的這件小事，我突然想起來了，十年後我在這裏還是要向你說聲對不起，你可以原諒我的粗心大意嗎？

你的老婆仔
二〇二二年十月十七日

其二

老公：

自從我們結婚以來，你時常鼓勵我要有「主體性」——有自己的空間、自己的主張、自己的朋友和社交圈子，絕對不要做你的「附屬品」，這些都是你長年在美國生活得來的價值系統吧。因此我們回到香港後，我也交了很多知心朋友，特別是女性朋友，和她們相約吃中飯，有說不完的話。

有一次我到銅鑼灣跟一位好朋友相聚，那時我的憂鬱病剛好，心中還存留一點驚恐，怕它復發，她安慰我說：「妳不用擔心，妳現在不是好好的？以後即便復發，妳也有應付的方法。」她又說人生就是如此，有如意的時候，也有逆境的時候。她的這番話給了我很大的鼓勵，我們大約談了兩個多小時，有說不完的話，突然間我擔心起來：今天老公要自理中餐。你說沒有問題，多年的單身生活，早已訓練你日常生活可以自立。但是在回家的路上，我還是不放心，用手機致電給你，但好幾次都沒有人接聽，我的心開始不安了，你明明說好，自己在家做一個三明治，但為什麼找不到你呢？於是我在回家的地鐵上不斷打電話給你，可是還是沒有人接電話，那時候我感到我的喉嚨很乾，心跳加速，情緒焦急萬分，不知該怎麼辦？彷彿憂鬱病要復發了。好不容易到了家門口，急速按門鈴，你立即來開門，見到你我的心才安定下來，於是大聲地問你：「老公！你頭先點解唔接我電話？嚇死我啦！以為你有乜嘢事嗦！」你若無其事地說：「妳沒有打電話呀？我沒有聽到電話聲，何況我也不想打擾你們的午餐傾談。」我猜可能是電話壞了，即刻拿起話筒檢查，這才發現原來電話筒沒有放好，難怪你沒有聽到鈴聲，又是虛驚一場。

老公，你是不是一心看書，忘了吃午飯？難怪很多人說你是個典型的「absent-minded professor」，廢寢忘食。這個小插曲，我至今難忘，你還記得嗎？如今不會發生了，因為我們都有手機，不用老式的電話筒了。

老婆仔

二〇二二年十月十七日

其三

老公仔：

我們結婚轉瞬間足有二十二個年頭，在這段日子裏，我真的要感謝你對我的包容與體諒。我是個患過多次憂鬱病的人，情緒時常不穩定，實在不容易相處的，但是多年以來，你每天耐心地與我談話，還有你為我的書稿費盡心力；我寫文章自己從來不很用心，但你不厭其煩地引導我，勸告我多花點心力去修改，讓我的文字越改越好。你不單是我的良師，更是益友，況且你又是個名教授，有豐富的文學知識，在平素和你的交談中，我學到許多得來不易的東西。在處世做人方面，你採取的態度是誠懇而老實的，而且性情溫和，只是最近你性情有些急躁，不知是否和最近作了心臟「通波仔」的小手術有關，似乎你的性情有點變了，其實又何獨你為然呢？我何嘗不也是如此，但我知道只要我們互相勉勵，我們是可以克服的。我們無力改變環境，惟有改變自己。我羨慕你出生於一個健全的家庭，培養了一個樂觀而進取的人生態度。

前夫文正是個慢條斯理的人，而且自律甚嚴，每天定時做晨操運動，工作也定時，這點我們可以向他學習。但即便是他這種心不煩、氣不躁的人，仍然逃不過做「通波仔」的命運，我想你還是取其中庸之道吧，其實你一向以來都是如此，只有我才是矯枉過正。還有一樣態度是我要向你學習的，你常說：「老婆，我乜嘢都得！」你就是一個興趣廣泛、心胸開闊的人，從來不堅持己見，這並不代表你做事沒有原則，你只是擇善固執而已。

你跟我結婚的時候已經是六十歲的人了，在過去人生漫長的歲月裏，你累積下來的所謂日常生活上的「惡習」，例如三餐不定時、晚睡晚起、偶而暴飲暴食，你都聽了我的勸告，一一改變過來了，這真是一件不容易的事哦！我有些友人的爸爸就是老頑固，死到臨頭都不肯改變，而你卻是個老頑童，老是要逗人開心。

我記得結婚沒幾個月，我後父生病，不能工作，你主動提出每月給我爸媽在香港的生活費。其實那時候，你在哈佛教書，除了每月交房屋貸款，波士頓的生活費用也很高昂，我們每月剩下的錢不多，你自奉甚儉，對待人可以如此慷慨，卻是十分難得。我的一位好朋友，她為了要接濟自己父母的生計，被丈夫責罵而導致離婚，她只好帶著未成年的兒子獨自出外謀生了，從此過著終日憂心的生活。

老公仔！你待我父母與你的親人一般，我真心感激你。

老婆

二〇二二年十月十七日

其四

老公仔：

我的憂鬱病真是把你累慘了。二十年前在波士頓復發的時候，你還不懂得什麼是憂鬱病，你買了很多關於這種病的書來參考，學到用理性的心理輔導方法來幫助我，很多時候我根本不理會這套法子，當你問我的感覺的時候，胡亂給你一個答案。但是你始終不離不棄地陪著我走這條艱苦的道路，那時我還是個基督徒，每天晚上我要你陪我向上帝祈禱，你不是個有宗教信仰的人，但你會跟著我禱告，有時你自己會加上兩句話說：「上帝啊！只要你治好我老婆的病，我就會相信你。」我當時還責罵你不可這樣考驗上帝，你也不與我計較。那段日子，我無心燒菜，每天非到中午不願起床，你每日獨自吃早餐後去上班教書，中午又匆匆回家為我煮好午餐，等我起身一起吃，然後再回辦公室，走之前還要安排人輪流來照顧我，真是煞費苦心。週末我更無心情跟你開車到超級市場去買菜，為了方便起見，你囤積了不少冷凍食物，每天都吃同樣的菜，例如雞胸肉炒毛豆，圖個方便，一吃就是半年。你從來沒有埋怨過一言半語，說的都是稱讚我的話，故此我對痊癒的信心越來越大。

在你鼓勵之下我開始寫作，信心也越來越大，認為自己的文字不用改，這成為我的一大問題，你會勸說：「老婆！你寫了不看，這不是好習慣，就我所知，天下沒有自動寫作這回事，再有才氣的作家也要修改，你知道海明威的小說改了多少次？還有白先勇，連張愛玲這種天才作家也要修改自己的文章！不經思考就寫東西，不是好習慣。」我覺得自己老是不肯改變自己的壞習慣，真是一個大蠢蛋，老公！我真是對不起你，希望你可以原諒我。可是過了兩天我又故態復萌，正如表哥說：我「勇於認錯，卻不勇於改過」。我就是這樣的一個人，太固執己見，不聽別人勸告。那我應該怎麼辦呢？我要有一些反省能力，如果沒有的話，我只會一錯再錯，人生苦短，我要努力珍惜和你在一起的機會，你這麼愛我，我可以不愛惜自己嗎？在最困難的日子裏，我們都共同走過來了，現在我們都年紀老大了，要過著相依為命的日子，彼此互相照顧，安安樂樂「過平常日子」——這是我倆合寫的第一本書的書名，許多人看過，都很受感動。這是許多年前的事了。

現在的年輕人的婚姻，朝不保夕，很多人為了不同的原因結婚，有些甚至為了多購一棟房子而結婚，就是把婚姻看得太輕率了。但我們這一代視婚姻為長久之計，我時常禱告上蒼，我願仿效張愛玲在《傾城之戀》中的說法：「執子之手，與子偕老」。我相信你也是希望我們夫婦如此共度老年的生活吧？

老婆
二〇二二年十月十七日

其五

老公仔：

自從我知道你要做「通波仔」手術之後，我的心很是焦慮，但是我又不敢告訴你。從我跟你結婚二十二年以來，你從來未做過任何手術，幸好你是個有理性的知識分子，萬事都查根問底，自從檢查出來你有心臟問題以後，你花了很多時間坐在電腦前面收集有關心臟病的資料。你告訴我：「如果我對自己的身體什麼都不知道，也不知道通波仔是怎麼一回事，我會很害怕。我一旦把各種資訊都查出來，都了解了，我就安心了，無知才是令我最擔心的。」我想你是萬事都要求出真理，這就是一個知識分子的特徵。

果然到了要做手術那天，你表現得很淡定，一點都不慌張，原來很容易焦慮的我，也受了你的影響，正如你所說：我們同心一體，彼此身體有電波感應，特別在緊要關頭。

說起這次你的心臟問題，也是偶然發現的。幾個月前有一天，你認為要到律師樓立一張遺囑，根據香港法律，需要找個醫生寫份證明書。我們到附近的一家私人診所，醫生照例先替你量血壓和血糖，發現都有些偏高，於是給了你兩星期的藥，血壓一下子被降低了，你以為沒事了，就停止服藥，過了幾天之後又升高了，你只好再去取藥。這次醫生建議你去做個心電圖，這才發現心臟缺氧，開始覺得胸口鬱悶，於是你即刻打電話給文正介紹的心臟病專科醫生診斷，那位醫生一看，要你做了一連串的檢查，結果發現心臟兩條大動脈血管塞得厲害，過了沒幾天就安排做手術。一切都發生得太快了，來不及反應。

說來人生有許多的偶然，如果你不是要立遺囑就不會找出病因來了。經過這次手術後，你的人生觀也有所改變了。其實，你大可不必對自己的健康太悲觀，這是一種「小懲大誡」，你以後會小心飲食，多注意運動，說不定會多活許多年的，我對你有信心。上天賜我倆一段美滿婚姻，我們要時常保持感恩的心，互相關懷愛護，這是最重要的，老公！我為你而活，你為我而活。

老婆仔

二〇二二年十月十八日清晨

其六

老公仔：

你知道我一直以來都是個忌醫的人，我亦知道你一向不同意我這種做法，可是我從中年以來養成的習性，連我自己也沒法改變。三十多年前當我在芝加哥陪讀期間，每逢我身體出現某些問題，我會急不及待地去看醫生，但每次檢查身體都是沒有任何大問題，後來幾年就乾脆不看病了，甚至對於醫生產生一種不信任的感覺。

我近年來更加不喜歡醫生，也不知為什麼緣故，雖然我說不出原因，其實我心裏是有些知道的，大概是出於一種莫名的恐懼感吧！你問我恐懼什麼？我又說不出其所以然來，或者是另外一種掩耳盜鈴的行為吧，這些都是要不得的行為，我明明知道卻不願意改變，我真是個愚蠢的女人。記得我以前告訴你聖嚴法師的四句智慧箴言：面對它，接受它，處理它，放下它。你現在起碼做到前面三句了，第四句也差不多做到了，而我卻一句也沒做到，單講而不做，真是個無可救藥的人。我不知到了何時何日才可以克服這種要不得的行為？其實我今天給你寫上這封信，已經是鼓足勇氣才可以做到的。我想這種諱疾忌醫的行為，背後有更複雜的原因，連我自己也不知道。我記得多年前在香港我得憂鬱病時，連續四次自殺都不怕，那時已存有必死的決心，覺得有什麼比死更可怕呢？為什麼現在反而會怕死呢？我真的不明白為什麼會這樣？是和我十六歲時外婆突然死在我懷抱中有關嗎？所以我覺得人生太無常了，不是人力所能控制的，乾脆不去理會它。我受外婆一句話影響太深了，她常說：「該死唔使病！」君不見每天吃大魚大肉的人，身體一些病都沒有，而無病無痛的人，卻突然去世了。

我這種「鴕鳥」式的行為當然不可取，或者有朝一日我會改變也說不定。

老婆仔

二〇二二年十月十八日清晨

其七

老公仔：

你還記得一九九九年的夏天，我到新加坡看你，那時你在新加坡大學作訪問教授，你和兩位朋友到機場來接我。甫下飛機，在接客大堂，你匆匆忙忙地把一束鮮花送給我，我接過花後，心中欣喜若狂，我一生中從來未接過別人送的花。我當時以為你會在我臉上親我一下，可是你沒有，連擁抱也闕如，我真有點失望，大概當時有朋友在場，你感覺不好意思表達你的真情。我記得一九九八年你臨離開香港返美前，我到機場跟你話別，在你入閘門之前，我親了你一下，你也沒有什麼特別的反應就走了，我當時有點悵然若失，是我表現得太熱情了嗎？或是你一時反應不過來，又也許是你這人太害羞了。

這是我第一次坐飛機來探你，在新加坡逗留了大概一個多星期。那邊大學的辦公室和招待所，冷氣調得太冷了，你的身體受不了，結果生病了，我本來以為你可以帶我到處遊玩，結果反而在你宿舍服侍你好幾天才回港。臨走前你的病好了，你到機場送行，你竟然給了我一個情深的吻別。我上機之後，迫不及待地給你寫信，一封又一封的，我說：「我哋雖然唔喺一齊，但我倆嘅心係連成一線。」歐梵你當時感覺到嗎？這就是所謂的情牽一線。在那時候我們彷彿早已私定終身了。

你那次從新加坡回來，整個人都改變了？衣著好看多了，心情也不一樣了，連你的哈佛學生也注意到你變了，他們那時還不知道李老師已經被愛情捆綁住了，動彈不得。

我們結婚後，我發現你不是一個羞於表達的人，我有時跟朋友約會吃午飯，兩個小時後回來，你會說：「老婆！我好掛住妳！」幾乎每回都是這樣，你在中文大學教書回家，你也會在家門口先給我一個擁抱，我的心充滿甜絲絲的感覺。友人查建英說：「現在的歐梵有如整個人掉到糖罈子裏去了。」她說得一點也不錯，我倆婚後的生活，真是很甜蜜。你整個人煥然一新，以前幾乎每天都穿著深色的樽領外衣，連西裝的外套也是來去一兩件，沒有更換的，現在你都願意接受我替你安排的不同顏色的衣服，每天都穿得柳綠花紅地上學去。在那段日子裏，我想你的心情一定十分愉快了。

老公！你那時有這種感覺嗎？

老婆
二〇二二年十月十九日

其八

老公仔：

你時常說我是個純真的女人，純真是不是代表不喜歡用腦袋思考問題呢？我想是的，我時常以感覺來判斷一事一物，所以有的時候弄得自己很不開心，而你卻是既有理性又富有感情的人，這樣我們可以彼此調配，這不是很理想嗎？

人生本來就是很複雜的，我不想用腦過多，況且我現在服了過多的抗抑鬱藥，你也說我現在的腦袋反應慢了很多，你說得一點也沒錯，可是我卻又不能不吃藥，老公你叫我怎麼辦呢？我想你也是沒法可想，可恨這病斷斷續續跟了我好幾十個年頭，我只好咬著牙根一路和它拚下去，許多年前我可以戰勝它，難道今日不可以嗎？何況有你的愛心支持我，我就是不相信它會再把我拖下去，叫我萬劫不復。你記得在哈佛這個病突然復發的那半年，雖然大家都很痛苦，但我們終於克服它了。時至今日，我的年歲增大了，我更有足夠的能力戰勝它。人生苦短，我們沒有太多的時日跟它糾纏下去，我們要過回我們的平常日子，其實我現在已經比病發時好多了，已經痊癒了八至九成，還差很少的路程就可以到達完全正常的階段。老公！只要我們努力攜手奮鬥下去，不愁打不死這惡魔，老公！你相信我可以，就會可以的。這麼多年以來你對我的支持和愛護，我實在銘記於心，我能不盡力抗敵嗎？這樣才不會辜負你對我的一片愛護之心。

老婆

二〇二二年十月十九日

後記：三年零八個月與病魔交纏

我和歐梵於千禧年結婚，轉眼已二十二年了，其中多是愉快的日子，新婚燕爾的美好時光，我們在《過平常日子》一書中寫了不少。二〇〇四年我們返回香港定居，生活安定，在過去的十八個年頭，我們休戚與共，當然也遇到過不如意的事，現在回想起來，有種不勝唏噓之嘆。我和丈夫結婚時大概四十五歲，他已經六十歲了，他大半生在美國唸書教書，事業倒算順利，但感情生活卻不很理想。我們十分感恩上天賜給我倆一個理想的婚姻。

我們為婚姻幸福付出的唯一代價就是我的憂鬱病。很多人誤解，以為「憂鬱」病就是心情憂鬱，不是病。其實不然，現在的心理學家都認為它是一種腦部血清素失調的身體毛病，往往由於突發的事件（例如離婚、父母亡故或女性生產後）而引起。我自從和前夫離婚後，就被這個病魔纏上了，它似乎是附在我身上的魔鬼，趕走了還會再來。感謝上蒼，在過去將近二十個年頭，雖然病魔久不久也來探訪我，但基本上被控制住了，所以我們可以隨意隨性地過愉快的日子。沒料到二〇一八年它又悄然重返了。

那一年我精神很好，發現自己喜歡畫畫，竟然一年之中在海峽兩岸各地開了幾次畫展，情緒極度亢奮之後，回到香港家裏，情緒突然一落千丈，令我倆措手不及，幾乎求救無門，幸好我突然記起多年前幫過我的好友陳真光醫生，她立刻伸出援手，介紹她認識的一位心理醫師給我治療。

當我們趕到這位心理醫生的診所的時候，已經是黃昏七時了，我除了情緒失常外，又發現有嚴重便秘，在過去數日大解不通，或出來的量少得可憐，又發現有反胃的現象，嘔吐了幾次，令我苦不堪言。歐梵在無計可施的情況下，最後只好硬著頭皮向前中文大學校長沈祖堯（也是著名的腸胃科專家）求診，他替我檢查之後說我一切正常，可能是我吃的食物太少，故此排出的也不多。但是頑固的我，硬是不信他的話，沈校長看到我身邊歐梵焦慮的樣子，寫了一句名言給我們：「愛情是最好的解藥！」這句話不見得是幽默，而是真心話。

時至今日已經三年八個月了，老公無時無刻不在關注我的情緒。記得在哈佛那次憂鬱病突然復發時，我幾乎每天問他：「我幾時好返？」但是最近這次，我從來沒有問他這個問題，是我徹底放棄了自己嗎？大概不是的，可能這一次雖然時間拖得很久，但我的情緒相對二十年前穩定，因此一定要盡快恢復正常生活。我覺得自己應該到超市買菜，歐梵不放心，堅持要陪我，我怕街市人多雜亂，要他在附近的咖啡館喝咖啡等我，我買完了菜一起拎回家裏；有的時候我不要他出門了，他會焦慮地在家等著我。後來歐梵的幾個學生知道了，特別為我們在網上訂購菜蔬食物，甚至自己煮好了送來，令我們十分感動。這幾年瘟疫蔓延，我們在家保持「社交距離」，卻更體會到人情的溫暖。

在過去這四年中，老公為我過度擔憂，因而心情變得煩躁不堪，最後他自己心臟不勝負荷，個多月前感到心胸翳悶，有如被一塊石頭壓在心上，醫生診斷後說他心臟兩條大動脈堵塞得厲害，要立刻做「通波仔」手術。從此他原來就不寧靜的心情變得更煩躁起來了。這時候我原來的急性子反而要盡量保持安定，令他不至於太煩，這樣才不至於影響我倆的日常生活。

人生不如意事十常八九，但每個人都得應付過去，我們又如何能獨善其身呢？其實我有如此一個這麼愛我的老公，除了感謝上天外，還可以說些什麼呢？我外婆媽媽那兩代人都沒有我幸運，外婆生逢亂世，媽媽命途多舛，她們只能逆來順受，不像我可以有選擇的機會。我這一代算是幸運多了，我又夫復何求呢？

右：和歐梵的結婚照
左上：和歐梵在九寨溝
左下：和歐梵在台大文學院

書名
婆婆媽媽的故事
作者
李子玉

責任編輯
寧礎鋒
書籍設計
姚國豪

出版
三聯書店（香港）有限公司
香港北角英皇道四九九號北角工業大廈二十樓
Joint Publishing (H.K.) Co., Ltd.
20/F., North Point Industrial Building,
499 King's Road, North Point, Hong Kong
香港發行
香港聯合書刊物流有限公司
香港新界荃灣德士古道二二〇至二四八號十六樓
印刷
寶華數碼印刷有限公司
香港柴灣吉勝街四十五號四樓A室
版次
二〇二三年十二月香港第一版第一次印刷
規格
大三十二開（135mm x 200mm）三二〇面
國際書號
ISBN 978-962-04-5387-8

JPBooks.Plus
http://jpbooks.plus

三聯書店
http://jointpublishing.com